TRANZLATY

Language is for everyone

Bahasa adalah untuk semua orang

The Call of Cthulhu

Panggilan Cthulhu

H.P. Lovecraft

English
Bahasa Melayu

www.tranzlaty.com

The Horror Made of Clay
Kengerian yang Diperbuat daripada Tanah Liat

There is one thing I find particularly merciful.
Ada satu perkara yang saya dapati sangat berbelas kasihan.
The inability of the human mind to correlate events.
Ketidakupayaan minda manusia untuk mengaitkan peristiwa.
It's a blessing that we can't understand the world.
Sungguh satu rahmat apabila kita tidak dapat memahami dunia.
We live blissfully on a placid island of ignorance.
Kita hidup bahagia di pulau kejahilan yang tenang.
An island in the midst of black seas of infinity.
Sebuah pulau di tengah-tengah lautan hitam infiniti.
And it was not meant that we should voyage far.
Dan ia tidak bermaksud bahawa kami harus belayar jauh.
The sciences each strain in their own directions.
Setiap sains mempunyai hala tuju yang tersendiri.
But hitherto science's findings have harmed us little.
Tetapi sehingga kini penemuan sains tidak banyak merugikan kita.
But some day dissociated knowledge will be pieced together.
Tetapi suatu hari nanti pengetahuan yang terpisah akan disatukan.
Terrifying vistas of reality will open up to us.
Pemandangan realiti yang menakutkan akan terbuka kepada kita.
And we will be left in a frightful vantage point.
Dan kita akan ditinggalkan di tempat yang menakutkan.
We will either go mad from the revelation we are given.
Kita akan menjadi gila kerana wahyu yang diberikan kepada kita.
Or we will flee from the deadly light that we will see.
Atau kita akan lari dari cahaya maut yang akan kita lihat.
We will run from the knowledge we had always pursued.
Kita akan lari daripada ilmu yang sentiasa kita kejar.

And we will seek the peace and safety of a new dark age.
Dan kita akan mencari kedamaian dan keselamatan zaman kegelapan yang baharu.
Theosophists have guessed at the scale of the cosmos.
Ahli teosofi telah meneka skala kosmos.
Our world is but a transient incident in this cycle.
Dunia kita hanyalah satu kejadian sementara dalam kitaran ini.
The human race plays but a little role in the universe.
Manusia hanya memainkan sedikit peranan di alam semesta.
The theosophists have hinted at strange methods of survival.
Ahli teosofi telah membayangkan kaedah survival yang pelik.
But their suggestions would freeze a rational man's blood.
Tetapi cadangan mereka akan membekukan darah manusia yang rasional.
Only the optimism of their ideas hides the horror.
Hanya optimisme idea mereka yang menyembunyikan kengerian itu.
But it is not their ideas that chill me the most.
Tetapi bukanlah idea mereka yang paling menakutkan saya.
It is something else that fills me with terror.
Ia adalah sesuatu yang lain yang membuatkan saya ketakutan.
The single glimpse of forbidden eons I have seen.
Sekilas pandang zaman terlarang yang pernah saya lihat.
When I think of what I saw my blood stands still.
Bila aku teringat apa yang aku lihat, darahku seakan-akan terhenti.
Restlessness plagues my dreams since that glimpse.
Keresahan menghantui mimpiku sejak sekian lama.
It came to me like all dreaded glimpses of truth.
Ia datang kepadaku seperti semua kilasan kebenaran yang ditakuti.
An accidental piecing together of separated things.
Penyusunan semula benda-benda yang terpisah secara tidak sengaja.
An old newspaper item and the notes of a dead professor.

Sekeping surat khabar lama dan nota seorang profesor yang telah meninggal dunia.

In a flash everything was pieced together before me.
Dalam sekelip mata, semuanya tersusun rapi di hadapanku.
I hope no one else will accomplish this terrible insight.
Saya harap tiada orang lain yang akan mencapai wawasan yang mengerikan ini.
Certainly, if I live, I shall never help anyone to know it.
Sudah tentu, jika aku hidup, aku tidak akan sekali-kali membantu sesiapa pun untuk mengetahuinya.
I shall never knowingly supply a link in so hideous a chain.
Aku tidak akan sesekali sengaja memberikan mata rantai yang begitu mengerikan.
I think that the professor, too, intended to keep silent.
Saya rasa profesor itu juga berniat untuk berdiam diri.
He didn't mean to share the secrets that he knew.
Dia tidak bermaksud untuk berkongsi rahsia yang dia tahu.
And I'm sure he would have destroyed his notes.
Dan saya pasti dia akan memusnahkan nota-notanya.
If he had not been seized by sudden and suspicious death.
Jika dia tidak diancam oleh kematian yang mengejut dan mencurigakan.

***

My knowledge of the thing began in the winter of 1926-27.
Pengetahuan saya tentang perkara itu bermula pada musim sejuk tahun 1926-27.
My great-uncle was the professor George Gammell Angell.
Moyang lelaki saya ialah profesor George Gammell Angell.
He was the Professor Emeritus of Semitic languages.
Beliau merupakan Profesor Emeritus bahasa-bahasa Semitik.
He lectured in Brown University, Providence, Rhode Island.
Beliau memberi kuliah di Universiti Brown, Providence, Rhode Island.
His death, at the age of ninety-two, triggered the event.

Kematiannya, pada usia sembilan puluh dua tahun,
mencetuskan peristiwa itu.

**He was widely known as an authority on ancient
inscriptions.**

Beliau dikenali ramai sebagai pakar dalam bidang tulisan-
tulisan kuno.

Heads of prominent museums came to him for his expertise.

Ketua-ketua muzium terkemuka datang kepadanya untuk
mendapatkan kepakarannya.

So his death was noticed by many within academic circles.

Jadi kematiannya disedari oleh ramai dalam kalangan
akademik.

Interest was intensified by the obscurity of his death.

Minat semakin meningkat oleh ketidakjelasan tentang
kematiannya.

It occurred as he was disembarking from the Newport boat.

Ia berlaku semasa dia turun dari bot Newport.

**Witnesses say a dark nautical-looking fellow had jostled
him.**

Saksi-saksi mengatakan seorang lelaki berkulit gelap yang
kelihatan seperti nautika telah menolaknya.

After being stricken, he fell suddenly, witnesses say.

Selepas dilanggar, dia tiba-tiba jatuh, kata saksi.

Physicians were unable to find any visible disorder.

Doktor tidak dapat menemui sebarang gangguan yang boleh
dilihat.

After some perplexed debate they reached their conclusion.

Selepas beberapa perdebatan yang mengelirukan, mereka
mencapai kesimpulan.

"It must have been a lesion of the heart," they agreed.

"Ia pasti luka di jantung," mereka bersetuju.

"After all, he was rather an elderly man," they added.

"Lagipun, dia seorang lelaki yang agak tua," tambah mereka.

"the brisk ascent of the steep hill caused his end."

"pendakian pantas bukit curam itu menyebabkan
kematiannya."

At the time I saw no reason to dissent from this dictum.

Pada masa itu saya tidak nampak sebarang sebab untuk
membantah diktum ini.
But latterly I am inclined to wonder about their conclusion.
Tetapi kebelakangan ini saya cenderung untuk tertanya-tanya
tentang kesimpulan mereka.
And I do more than just wonder if they were right.
Dan saya lebih daripada sekadar tertanya-tanya sama ada
mereka betul.

***

My grand-uncle died alone as a childless widower.
Datuk patik saya meninggal dunia seorang diri sebagai duda
yang tidak mempunyai anak.
And so I became heir and executor to his possessions.
Dan dengan itu aku menjadi pewaris dan wasiat harta
miliknya.
So I was expected to go over his papers and writings.
Jadi saya dijangka menyemak kertas kerja dan tulisannya.
I moved his entire set of files and boxes to my Boston home.
Saya telah memindahkan seluruh set fail dan kotaknya ke
rumah saya di Boston.
Much of the materials I collected will later be published.
Kebanyakan bahan yang saya kumpulkan akan diterbitkan
kemudian.
Many academics in his field took great interest in his work.
Ramai ahli akademik dalam bidangnya menunjukkan minat
yang tinggi terhadap karyanya.
The American archeological society relied on him greatly.
Persatuan arkeologi Amerika sangat bergantung kepadanya.
But there was one box which I found exceedingly puzzling.
Tetapi ada satu kotak yang saya dapati sangat
membingungkan.
I felt much averse from showing these files to other eyes.
Saya rasa sangat enggan menunjukkan fail-fail ini kepada
mata orang lain.
The box had been locked, unlike the other boxes.

Kotak itu telah dikunci, tidak seperti kotak-kotak lain.

And initially I found no key that would open this box.

Dan pada mulanya saya tidak menemui kunci yang boleh membuka kotak ini.

But then the location of the key occurred to me.

Tetapi kemudian saya terfikir lokasi kunci itu.

The professor always carried a keyring in his pocket.

Profesor itu sentiasa membawa rantai kunci di dalam poketnya.

It was indeed one of these keys that opened the box.

Ia sememangnya salah satu kunci yang membuka kotak itu.

But in the box was a still more closely locked barrier.

Tetapi di dalam kotak itu terdapat penghalang yang lebih terkunci rapat.

What could be the meaning of the queer bas-relief?

Apakah maksud bagi relief bas queer itu?

Various paper cuttings accompanied the bas-relief.

Pelbagai keratan kertas mengiringi relief asas itu.

What did the disjointed jottings and ramblings allude to?

Apakah yang disinggung oleh catatan dan ocehan yang tidak bersambung itu?

Had my uncle become credulous to superficial impostures?

Adakah pak cik saya sudah mudah percaya kepada penipuan yang dangkal?

Perhaps in his later years his criticalness thought slowed.

Mungkin pada tahun-tahun terakhirnya, pemikiran kritisnya menjadi perlahan.

Someone had disturbed this old man's peace of mind.

Seseorang telah mengganggu ketenangan fikiran lelaki tua ini.

And so I resolved to locate the eccentric sculptor.

Jadi saya bertekad untuk mencari pengukir eksentrik itu.

The man who set in motion my uncle's strange obsession.

Lelaki yang memulakan obsesi pelik pak cik saya.

***

The bas-relief was roughly shaped like a rectangle.

Ukiran timbul itu berbentuk kira-kira seperti segi empat tepat.
The rectangular shape was less than an inch thick.
Bentuk segi empat tepat itu setebal kurang daripada satu inci.
And the bas-relief was about five by six inches in area.
Dan relief asas itu berkeluasan kira-kira lima kali enam inci.
It was obvious that the bas-relief was of modern origin.
Jelas sekali bahawa ukiran timbul itu berasal dari zaman moden.
The designs, however, were far from modern in atmosphere.
Walau bagaimanapun, reka bentuknya jauh daripada moden dalam suasananya.
The inscriptions suggested a far older civilization.
Prasasti-prasasti itu menunjukkan tamadun yang jauh lebih tua.
The vagaries of cubism and futurism were many and wild.
Kelainan-kelainan kubisme dan futurisme adalah banyak dan liar.
But normally such patterns fail to produce regularity.
Tetapi biasanya corak sedemikian gagal menghasilkan keteraturan.
The cryptic regularity which lurks in prehistoric writing.
Keteraturan samar yang tersembunyi dalam penulisan prasejarah.
This regularity was certainly present in the bas-relief.
Keteraturan ini sememangnya terdapat dalam relief asas.
I was certain the inscriptions represented a writing system.
Saya pasti inskripsi-inskripsi itu mewakili sistem tulisan.
I had some familiarity with the papers of my uncle.
Saya agak biasa dengan dokumen-dokumen pak cik saya.
And I had looked through all of his collections and works.
Dan saya telah melihat semua koleksi dan karyanya.
But I failed to find any writing that was similar.
Tetapi saya gagal menemui sebarang tulisan yang serupa.
I could not geographically place this alphabet in any way.
Saya tidak dapat meletakkan abjad ini secara geografi dalam apa jua cara.
Nor could I guess from what time this writing came from.

Saya juga tidak dapat meneka dari bila tulisan ini berasal.
Above these apparent hieroglyphics there was a figure.
Di atas hieroglif yang kelihatan ini terdapat satu figura.
The figure was evidently only of pictorial intent.
Figur itu jelas hanya bertujuan untuk bergambar.
The impressionism of the picture added to the mystery.
Impresionisme gambar itu menambahkan lagi misteri itu.
No clear idea of the creature's nature could be discerned.
Tiada gambaran yang jelas tentang sifat makhluk itu dapat
dilihat.
The creature seemed to be a monster, of some sort.
Makhluk itu seolah-olah seekor raksasa, entah bagaimana.
Or the symbol represented a monster, of some sort.
Atau simbol itu mewakili sejenis raksasa.
Only a diseased mind could conceive of such a form.
Hanya minda yang berpenyakit sahaja yang dapat
membayangkan bentuk sedemikian.
My imagination yielded different pictures simultaneously.
Imaginasi saya menghasilkan pelbagai gambaran secara
serentak.
But my imagination may also be somewhat extravagant.
Tetapi imaginasi saya juga mungkin agak berlebihan.
An octopus, a dragon, and also a human caricature.
Seekor sotong kurita, seekor naga, dan juga karikatur
manusia.
I shall try not be unfaithful to the spirit of the thing.
Aku akan cuba untuk tidak tidak setia kepada inti pati
perkara itu.
A pulpy, tentacled head surmounted a scaly body.
Kepala yang seperti pulpa dan bersungut mengatasi badan
bersisik.
Rudimentary wings protruded from the grotesque shape.
Sayap asas menonjol dari bentuk yang mengerikan itu.
But the shape of the monster wasn't even the worst part.
Tetapi bentuk raksasa itu bukanlah bahagian yang paling
teruk.
The background of the picture was even more frightening.

Latar belakang gambar itu lebih menakutkan.

The scenery had a vague suggestion of another civilization.

Pemandangan itu samar-samar membayangkan tamadun lain.

Cyclopean architecture from a forgotten part of the world.

Seni bina siklop dari bahagian dunia yang dilupakan.

***

Only some notes and press cuttings accompanied the oddity.

Hanya beberapa nota dan keratan akhbar yang mengiringi keanehan itu.

The press cuttings seemed to be only vaguely related.

Keratan akhbar itu nampaknya hanya berkaitan secara samar-samar.

The hand written notes were all from my uncle.

Nota-nota tulisan tangan itu semuanya daripada pak cik saya.

But his notes made no pretense to any literary style.

Tetapi nota-notanya tidak berpura-pura kepada sebarang gaya sastera.

There was no ordering mechanism to any of the papers.

Tiada mekanisme pesanan untuk mana-mana kertas kerja.

Although there seemed to be a master document to the notes.

Walaupun nampaknya terdapat dokumen induk pada nota-nota itu.

This document was ascribed to the cult of Cthulhu

Dokumen ini dikaitkan dengan kultus Cthulhu

The word's letters had been painstakingly written out.

Huruf-huruf perkataan itu telah ditulis dengan teliti.

There should be no erroneous reading of the unheard of word.

Tidak sepatutnya ada pembacaan yang salah terhadap perkataan yang belum pernah didengari itu.

This Cthulhu manuscript was divided into two sections;

Manuskrip Cthulhu ini dibahagikan kepada dua bahagian;

The first manuscript was titled the following:

Manuskrip pertama bertajuk seperti berikut:

"1925 - Dream and Dream Work of H. A. Wilcox"
"1925 - Impian dan Karya Impian HA Wilcox"
"7 Thomas St., Providence, Road Island"
"7 Thomas St., Providence, Pulau Road"
And the second manuscript was titled the following:
Dan manuskrip kedua bertajuk seperti berikut:
"Narrative of Inspector John R. Legrasse"
"Naratif Inspektor John R. Legrasse"
"121 Bienville St., New Orleans, 1908 Meetings."
"121 Bienville St., New Orleans, Mesyuarat 1908."
"Notes on Same, & Prof. Webb's account of events"
"Nota tentang Same, & catatan peristiwa Prof. Webb"
The other manuscript papers were all brief notes.
Kertas-kertas manuskrip yang lain semuanya merupakan nota ringkas.
Some manuscripts described the queer dreams of different persons.
Beberapa manuskrip menggambarkan mimpi aneh orang yang berbeza.
Some manuscripts cited from theosophical books and magazines.
Beberapa manuskrip yang dipetik daripada buku dan majalah teosofi.
Notably, most of these citations were from W. Scott-Eliott.
Terutamanya, kebanyakan petikan ini adalah daripada W. Scott-Eliott.
Mainly the notes referenced Atlantis and the Lost Lemuria.
Kebanyakan nota tersebut merujuk kepada Atlantis dan Lemuria yang Hilang.
The other notes commented on long-surviving secret societies.
Nota-nota lain mengulas tentang persatuan rahsia yang telah lama wujud.
Hidden cults that may or may not still exist somewhere.
Kultus tersembunyi yang mungkin masih wujud atau mungkin tidak wujud di suatu tempat.
Two books seemed to provide most of the information;

Dua buah buku nampaknya memberikan kebanyakan maklumat;

Miss Murray's Witch-Cult in Western Europe.

Kultus Ahli Sihir Cik Murray di Eropah Barat.

This book thoroughly detailed Mythological sources.

Buku ini memperincikan sumber-sumber Mitologi dengan teliti.

And Frazer's Golden Bough provided anthropological sources.

Dan Golden Bough Frazer menyediakan sumber antropologi.

***

The cuttings largely alluded to outré mental illnesses.

Keratan itu sebahagian besarnya merujuk kepada penyakit mental yang luar biasa.

Outbreaks of group folly and mania in the spring of 1925.

Wabak kebodohan dan kegilaan berkumpulan pada musim bunga tahun 1925.

The first half of the manuscript told a very peculiar tale.

Separuh pertama manuskrip itu menceritakan kisah yang sangat pelik.

1925, the 1st of March, a thin dark young man came to my uncle.

Pada 1 Mac 1925, seorang pemuda kurus berkulit gelap datang kepada pak cik saya.

The manuscript describes his neurotic and excited aspect.

Manuskrip itu menggambarkan aspek neurotik dan terujanya.

And he bore with him the strange bas-relief.

Dan dia menanggung bersamanya ukiran relief yang aneh itu.

At that time the bas-relief was exceedingly damp and fresh.

Pada masa itu, relief asas itu sangat lembap dan segar.

His card bore the name of Henry Anthony Wilcox.

Kadnya tertera nama Henry Anthony Wilcox.

And my uncle had slightly recognized who he was.

Dan pak cik saya sedikit sebanyak telah mengenali siapa dia.

He was the youngest son of an excellent family.

Dia merupakan anak bongsu daripada sebuah keluarga yang cemerlang.

Latterly he had been studying sculpture at Rhode Island.

Akhir-akhir ini dia telah belajar seni arca di Rhode Island.

He lived alone at the Fleur-de-Lys Building.

Dia tinggal bersendirian di Bangunan Fleur-de-Lys.

His residences were near the university.

Kediamannya berdekatan dengan universiti.

Wilcox was a precocious youth of known genius.

Wilcox ialah seorang pemuda yang bijak dan dikenali sebagai seorang genius.

But he was also known for his great eccentricity.

Tetapi dia juga terkenal dengan sifat eksentriknya yang hebat.

From childhood he had excited the attention of others.

Sejak kecil lagi dia telah menarik perhatian orang lain.

He told of strange stories no one had told him about.

Dia menceritakan kisah-kisah pelik yang tidak pernah diceritakan oleh sesiapa kepadanya.

And he was in the habit of relating strange dreams.

Dan dia mempunyai kebiasaan menceritakan mimpi-mimpi yang pelik-pelik.

He described himself as "psychically hypersensitive".

Dia menggambarkan dirinya sebagai "hipersensitif secara psikologi".

But those around him had other descriptions for him.

Tetapi orang-orang di sekelilingnya mempunyai gambaran lain untuknya.

They were staid folk of the ancient commercial city.

Mereka adalah penduduk bandar perdagangan kuno yang tenang.

And they dismissed him as merely strange and "queer".

Dan mereka menganggapnya sekadar pelik dan "pelik".

And so he never mingled much with his kind.

Jadi dia tidak pernah banyak bergaul dengan kaumnya.

And he had dropped gradually from social visibility.

Dan dia secara beransur-ansur merosot daripada keterlihatan sosial.

Now he is known only to a small group of esthetes.
Kini dia hanya dikenali oleh sekumpulan kecil estetik.
And those who knew him came mostly from other towns.
Dan mereka yang mengenalinya kebanyakannya datang dari
bandar lain.
Even the Providence art club had found him quite hopeless.
Malah kelab seni Providence pun mendapati dia langsung
tidak berdaya.
Of course they were anxious to preserve their conservatism.
Sudah tentu mereka ingin mengekalkan konservatisme
mereka.

***

The professor's manuscript continued to describe the visit.
Manuskrip profesor itu terus menggambarkan lawatan itu.
The sculptor abruptly asked for his host's archeological
knowledge.
Pengukir itu tiba-tiba bertanya tentang pengetahuan arkeologi
tuan rumahnya.
He wanted him to identify the hieroglyphics on the bas-
relief.
Dia mahu lelaki itu mengenal pasti hieroglif pada ukiran
timbul itu.
He spoke in a dreamy and rather stilted manner.
Dia bercakap dengan cara yang seperti bermimpi dan agak
kaku.
His speech suggested pose and alienated sympathy.
Ucapannya mencadangkan sikap berlagak dan
menghilangkan rasa simpati.
And my uncle showed some sharpness in his reply.
Dan pak cik saya menunjukkan sedikit ketajaman dalam
jawapannya.
Because the bas-relief was still conspicuously freshness.
Kerana ukiran timbul itu masih kelihatan segar.
So there was no need for any kinship with archeology.
Jadi tidak perlu ada sebarang pertalian dengan arkeologi.

Young Wilcox's rejoinder was of a fantastically poetic cast.
Balas Wilcox muda itu mempunyai barisan pelakon yang
sangat puitis.
My uncle must have been impressed with the reply.
Pakcik saya pasti kagum dengan jawapannya.
And he recorded the reply of Wilcox verbatim.
Dan dia mencatatkan jawapan Wilcox secara verbatim.
"The bas-relief is indeed still conspicuously fresh."
"Ukiran timbul itu sememangnya masih segar dengan ketara."
"Because I made this bas-relief last night, after a dream."
"Sebab saya buat relief ini malam tadi, selepas bermimpi."
"A dream of strange cities and stranger people."
"Impian bandar-bandar asing dan orang yang tidak dikenali."
"And dreams are older than brooding Tyros."
"Dan impian lebih tua daripada Tyros yang merenung."
"Dreams are older than the contemplative Sphinx."
"Mimpi lebih tua daripada Sphinx yang kontemplatif."
"And dreams are older than the garden-girdled Babylon."
"Dan mimpi lebih tua daripada Babylon yang dikelilingi
taman."
This type of speech turned out to be characteristic of him.
Pertuturan jenis ini ternyata menjadi ciri khasnya.
It was then that he began that rambling tale.
Ketika itulah dia memulakan kisah yang merapu itu.
The tale which suddenly played upon a sleeping memory.
Kisah yang tiba-tiba bermain di ingatan yang sedang tidur.
The tale that won the fevered interest of my uncle.
Kisah yang menarik minat bapa saudara saya.

***

There had been a slight earthquake tremor the night before.
Terdapat gegaran gempa bumi kecil pada malam sebelumnya.
**The most considerable tremor New England had felt for
some years.**
Gegaran paling kuat di New England telah dirasai selama
beberapa tahun.

Wilcox's imagination had been keenly affected by the earthquake.

Imaginasi Wilcox telah terjejas teruk oleh gempa bumi itu.

He had had an unprecedented dream of great Cyclopean cities.

Dia telah bermimpi tentang bandar-bandar besar di Cyclopea yang belum pernah terjadi sebelumnya.

He dreamed of Titan blocks and sky-flung monoliths.

Dia bermimpi tentang bongkah Titan dan monolit yang terhanyut di langit.

All the architecture was dripping with green ooze.

Semua seni bina itu menitiskan dengan cecair hijau.

And his dreams were sinister with latent horror.

Dan mimpinya jahat dengan kengerian yang terpendam.

Hieroglyphics had covered the walls and pillars.

Hieroglif telah menutupi dinding dan tiang.

From somewhere underneath there came a sound.

Dari suatu tempat di bawah sana kedengaran satu bunyi.

The sound was of a voice, but it was not a voice.

Bunyi itu adalah suara, tetapi ia bukan suara.

A chaotic sensation which only fancy could transmute into sound.

Sensasi huru-hara yang hanya khayalan sahaja yang mampu mengubahnya menjadi bunyi.

He attempted to say the almost unpronounceable word.

Dia cuba menyebut perkataan yang hampir sukar disebut itu.

A jumble of unlikely letters; "Cthulhu fhtagn".

Campuran huruf yang tidak dijangka; "Cthulhu fhtagn".

This verbal jumble was the key to my uncle's recollection.

Kekacauan kata-kata ini adalah kunci kepada ingatan pak cik saya.

This strange sound excited and disturbed Professor Angell.

Bunyi aneh ini mengujakan dan mengganggu Profesor Angell.

He questioned the sculptor with scientific minuteness.

Dia menyoal pengukir itu dengan teliti dan saintifik.

He studied the bas-relief with almost frantic intensity.

Dia mengkaji ukiran timbul itu dengan intensiti yang hampir tergesa-gesa.

My uncle blamed his old age, Wilcox afterward said.

Pakcik saya menyalahkan usia tuanya, kata Wilcox selepas itu.

In his younger days he would have recognized the hieroglyphics.

Pada zaman mudanya dia pasti mengenali tulisan hieroglif.

The pictorial design wouldn't have puzzled his sharper mind.

Reka bentuk bergambar itu tidak akan membingungkan mindanya yang lebih tajam.

Many of his questions seemed highly out of place to his visitor.

Banyak soalannya kelihatan sangat janggal bagi tetamunya.

He tried to connect him to strange mythological cults.

Dia cuba menghubungkannya dengan kultus mitologi yang pelik.

He tried to get him to admit affiliation to secret societies.

Dia cuba memujuknya untuk mengaku bergabung dengan persatuan rahsia.

My uncle even promised to keep his visitor's secret.

Pakcik saya juga berjanji untuk merahsiakan tetamunya.

"Are you not part of a widespread mystical group?"

"Bukankah kamu sebahagian daripada kumpulan mistik yang meluas?"

"Are you not a member of a paganly religious body?"

"Bukankah kamu ahli badan agama pagan?"

Eventually he became convinced the sculptor wasn't a member.

Akhirnya dia yakin bahawa pengukir itu bukan ahli.

He was indeed ignorant of any cult or system of cryptic lore.

Dia sememangnya jahil tentang mana-mana kultus atau sistem pengetahuan samar.

He besieged his visitor with demands for future reports of dreams.

Dia mengepung tetamunya dengan tuntutan untuk laporan mimpi pada masa hadapan.

This strange request bore regular and interesting fruit.

Permintaan aneh ini membuahkan hasil yang tetap dan menarik.

***

After the first interview the manuscript records daily calls.

Selepas temu bual pertama, manuskrip tersebut merekodkan panggilan harian.

He related startling fragments of nocturnal imagery.

Dia menceritakan serpihan imejan malam yang mengejutkan.

There were always the same themes in his dreams.

Tema yang sama sentiasa ada dalam mimpinya.

A terrible Cyclopean vista of dark and dripping stone.

Pemandangan Cyclope yang mengerikan dengan batu gelap dan menitis.

A subterranean voice or intelligence shouting monotonously.

Suara bawah tanah atau kecerdasan yang menjerit secara membosankan.

Two sounds seemed to repeat themselves in his dreams.

Dua bunyi seolah-olah berulang dalam mimpinya.

But these sounds were as enigmatic as the other sounds.

Tetapi bunyi-bunyi ini sama membingungkannya dengan bunyi-bunyi lain.

The sounds can only be rendered by the letters "Cthulhu" and "R'lyeh".

Bunyi-bunyi tersebut hanya boleh dihasilkan oleh huruf "Cthulhu" dan "R'lyeh".

On March 23rd, the manuscript continued, Wilcox failed to come.

Pada 23 Mac, manuskrip itu diteruskan, Wilcox gagal datang.

My uncle made inquiries at the quarters of his whereabouts.

Pak cik saya bertanya di tempat dia berada.

That night he had been stricken with an obscure sort of fever.

Malam itu dia telah ditimpa sejenis demam yang tidak begitu ketara.

And he was taken to the home of his family in Waterman Street.

Dan dia dibawa ke rumah keluarganya di Waterman Street.

That night he had cried out in one of his dreams.

Malam itu dia menangis teresak-esak dalam salah satu mimpinya.

His cries aroused several other artists in the building.

Tangisannya mengejutkan beberapa artis lain di dalam bangunan itu.

And he was between alternations of unconsciousness and delirium.

Dan dia berada di antara ketidaksadaran dan kecelaruan yang silih berganti.

My uncle at once telephoned the family of Wilcox.

Pak cik saya serta-merta menelefon keluarga Wilcox.

And from that time forward he kept close watch of the case.

Dan sejak itu dia terus mengawasi kes itu dengan teliti.

He called often at the Thayer Street office of Dr. Tobey.

Dia kerap berkunjung ke pejabat Dr. Tobey di Thayer Street.

Dr. Tobey was in charge of the patient's condition.

Dr. Tobey bertanggungjawab terhadap keadaan pesakit.

The youth's febrile mind was dwelling on strange things.

Fikiran pemuda itu yang gelisah itu asyik memikirkan perkara-perkara pelik.

The doctor shuddered now and then as he spoke of the dreams.

Doktor itu menggigil sekali-sekala ketika dia bercakap tentang mimpi itu.

The dreams repeated a lot of the earlier themes.

Mimpi-mimpi itu mengulangi banyak tema sebelumnya.

But now his dreams made mention of something new.

Tetapi kini mimpinya menyebut tentang sesuatu yang baru.

A gigantic thing "a miles high" which walked, or lumbered about.

Sesuatu benda gergasi "setinggi satu batu" yang berjalan, atau terhuyung-hayang.

He at no time fully described this object in any detail.
Dia tidak pernah menerangkan objek ini secara terperinci sepenuhnya.

But Dr. Tobey relayed the frantic words of his patient.
Tetapi Dr. Tobey menyampaikan kata-kata panik pesakitnya.

And the professor became increasingly certain of what it was.
Dan profesor itu menjadi semakin yakin tentang apa itu.

The nameless monstrosity he had sought to depict in his sculpture.
Keganasan tanpa nama yang cuba digambarkannya dalam arcanya.

The doctor had mentioned the bas-relief he had made.
Doktor itu ada menyebut tentang bentuk relief yang telah dibuatnya.

This mention preludes the young man's subsidence into lethargy.
Sebutan ini memulakan redanya pemuda itu kepada kelesuan.

His temperature, oddly enough, was not greatly above normal.
Suhu badannya, anehnya, tidaklah jauh melebihi normal.

But his general condition suggested he was in a fever.
Tetapi keadaan umum beliau menunjukkan bahawa beliau sedang demam.

A fever, as opposed to being in the grasp of a mental disorder.
Demam, berbanding berada dalam genggaman gangguan mental.

***

On April 2nd at about 3 p.m. the fever came to an end.
Pada 2 April kira-kira jam 3 petang, demam itu reda.

Every trace of Wilcox's malady suddenly ceased.
Setiap kesan penyakit Wilcox tiba-tiba terhenti.

He sat upright in bed as if waking up from regular sleep.

Dia duduk tegak di atas katil seolah-olah baru bangun dari tidur biasa.

He was astonished to find himself at his parents' home.

Dia terkejut apabila mendapati dirinya berada di rumah ibu bapanya.

And he was completely ignorant of what had happened.

Dan dia langsung tidak tahu apa yang telah berlaku.

Neither dream nor reality had made an impression on his mind.

Mimpi mahupun realiti tidak meninggalkan kesan di fikirannya.

Dr. Tobey pronounced him fit to be dismissed from his care.

Dr. Tobey mengisytiharkan beliau layak untuk diberhentikan daripada jagaannya.

And he returned to his quarters three days later.

Dan dia kembali ke tempat tinggalnya tiga hari kemudian.

But to Professor Angell he was of no further assistance.

Tetapi bagi Profesor Angell dia tidak lagi membantu.

All traces of strange dreaming had vanished with his recovery.

Semua kesan mimpi aneh telah lenyap dengan kesembuhannya.

For a week he recounted irrelevant and thoroughly usual visions.

Selama seminggu dia menceritakan kembali penglihatan-penglihatan yang tidak relevan dan benar-benar biasa.

And my uncle kept no further record of his night-thoughts.

Dan pak cik saya tidak menyimpan rekod selanjutnya tentang fikirannya pada waktu malam.

At this point the first part of the manuscript ended.

Pada ketika ini bahagian pertama manuskrip itu berakhir.

But my research was still anything but concluded.

Tetapi kajian saya masih belum mencapai kesimpulan.

References to scattered notes helped piece things together.

Rujukan kepada nota yang berselerak membantu menyatukan perkara.

And there was more than enough material for thought.

Dan terdapat lebih daripada cukup bahan untuk difikirkan.

My distrust of the artist had still not subsided.

Rasa tidak percaya saya terhadap artis itu masih belum reda.

But this was largely a result of my ingrained skepticism.

Tetapi ini sebahagian besarnya disebabkan oleh keraguan saya yang mendalam.

The notes described the dreams of various persons.

Nota-nota itu menggambarkan mimpi pelbagai orang.

These dreams all occurred while young Wilcox was in his fever.

Semua mimpi ini berlaku semasa Wilcox muda sedang demam.

My uncle, it seems, wasted no time in collecting the data.

Pakcik saya, nampaknya, tidak membuang masa untuk mengumpul data.

He had quickly instituted a prodigiously far-flung body of inquiries.

Dia dengan cepat memulakan satu badan siasatan yang sangat luas.

Any friend that didn't show impertinence he questioned.

Mana-mana rakan yang tidak menunjukkan sikap kurang ajar akan disoalnya.

He requested from them nightly reports of their dreams.

Dia meminta daripada mereka laporan setiap malam tentang mimpi mereka.

And he asked if they had had any notable visions of late.

Dan dia bertanya sama ada mereka telah mendapat sebarang penglihatan penting kebelakangan ini.

The reception of his request seems to have been varied.

Penerimaan permintaannya nampaknya berbeza-beza.

But there was certainly no shortage in replies.

Tetapi sudah tentu tidak ada kekurangan dalam balasan.

No ordinary man could have handled the replies alone.

Tiada orang biasa yang dapat menangani jawapan itu seorang diri.

The original correspondences were not preserved.

Surat-menyurat asal tidak dipelihara.

But his notes formed a thorough and significant digest.

Tetapi catatannya membentuk ringkasan yang menyeluruh dan penting.

***

Initially he had approached average people in society.

Pada mulanya dia telah mendekati orang biasa dalam masyarakat.

New England's traditional "salt of the earth".

"Garam dunia" tradisional New England.

But this group gave an almost completely negative result.

Tetapi kumpulan ini memberikan keputusan yang hampir sepenuhnya negatif.

Though there were some exceptions to this group too.

Walaupun terdapat beberapa pengecualian untuk kumpulan ini juga.

Scattered cases of uneasy but formless nocturnal impressions.

Bertaburan kes-kes kesan malam yang tidak selesa tetapi tidak berbentuk.

Their reports were always between March 23rd and April 2nd.

Laporan mereka sentiasa antara 23 Mac dan 2 April.

This aligned with the same period of young Wilcox's delirium.

Ini sejajar dengan tempoh yang sama dengan kecelaruan Wilcox muda.

Men of science had been only a little more affected.

Ahli sains hanya sedikit lebih terjejas.

Though four cases of vague description were of interest.

Walaupun empat kes penerangan samar-samar adalah menarik.

They had had fugitive glimpses of strange landscapes.

Mereka sempat melihat sekilas pemandangan yang aneh.

And in one case a dread of something abnormal was mentioned.

Dan dalam satu kes, ketakutan terhadap sesuatu yang luar biasa telah disebut.

It was from the artists and poets that the pertinent answers came.

Daripada para seniman dan penyairlah jawapan yang berkaitan datang.

It is a blessing no one had been able to compare notes.

Ia satu rahmat yang tiada siapa dapat membandingkan nota tersebut.

Panic would have broken loose had they shared their visions.

Panik pasti akan meletus sekiranya mereka berkongsi visi mereka.

This, however, did not dispel my ingrained skepticism.

Walau bagaimanapun, ini tidak menghilangkan keraguan saya yang telah berakar umbi.

Others might have come to mythical conclusions much quicker.

Orang lain mungkin telah membuat kesimpulan mitos dengan lebih cepat.

But the original letters were lacking from the notes.

Tetapi huruf-huruf asal tiada dalam nota-nota itu.

I half suspected the compiler of having asked leading questions.

Saya separuh mengesyaki penyusun itu telah menanyakan soalan-soalan pendahuluan.

Or perhaps the correspondences weren't entirely original.

Atau mungkin surat-menyurat itu tidak sepenuhnya asli.

Perhaps my uncle had resolved to confirm Wilcox's dreams.

Mungkin pak cik saya telah bertekad untuk mengesahkan mimpi Wilcox.

That is why I continued to feel suspicious of the sculptor.

Itulah sebabnya saya terus berasa curiga terhadap pengukir itu.

Perhaps he was still cognizant of my uncle's old data.

Mungkin dia masih mengetahui data lama pak cik saya.

Perhaps he had been imposing on the veteran scientist.

Mungkin dia telah memaksa saintis veteran itu.

Nonetheless, the corroborating data had to be investigated.

Walau bagaimanapun, data yang menyokongnya perlu disiasat.

***

The responses from the esthetes told a disturbing tale.

Respons daripada para estetik menceritakan kisah yang membimbangkan.

From February 28th to April 2nd their dreams aligned.

Dari 28 Februari hingga 2 April impian mereka sejajar.

And a large proportion of them had dreamed very bizarre things.

Dan sebahagian besar daripada mereka telah bermimpi perkara-perkara yang sangat pelik.

The timing of the intensity of their dreams was also of interest.

Masa keamatan mimpi mereka juga menarik perhatian.

The period of the sculptor's delirium marked a highpoint.

Tempoh kegilaan pengukir itu menandakan kemuncaknya.

The intensity of their dreams were immeasurably the stronger.

Keamatan impian mereka adalah semakin kuat tanpa terkira.

Over a quarter reported unfamiliar and unpronounceable sounds.

Lebih satu perempat melaporkan bunyi yang tidak dikenali dan tidak boleh disebut.

Noises not dissimilar to what Wilcox had also described.

Bunyi-bunyi yang tidak berbeza dengan apa yang telah digambarkan oleh Wilcox.

Some described highly elaborate and impossible architecture.

Ada yang menggambarkan seni bina yang sangat rumit dan mustahil.

And some of the dreamers confessed to an acute fear.
Dan sebahagian daripada pemimpi mengaku mengalami
ketakutan yang mendalam.
Like Wilcox, they had seen some gigantic nameless thing.
Seperti Wilcox, mereka telah melihat sesuatu yang gergasi dan
tidak bernama.
**One case, which the note describes with emphasis, was very
sad.**
Satu kes, yang dihuraikan dengan penekanan dalam nota itu,
amat menyedihkan.
The subject was a widely known architect of the region.
Subjeknya ialah seorang arkitek yang terkenal di rantau ini.
He too had leanings toward theosophy and occultism.
Dia juga cenderung ke arah teosofi dan okultisme.
This man went violently insane on March the 22nd.
Lelaki ini menjadi gila dengan ganas pada 22 Mac.
The exact same date of young Wilcox's seizure.
Tarikh yang sama dengan sawan Wilcox muda.
He expired several months later, after incessant screaming.
Dia meninggal dunia beberapa bulan kemudian, selepas
menjerit tanpa henti.
He begged to be saved from some escaped denizen of hell.
Dia merayu agar diselamatkan daripada seorang penghuni
neraka yang terlepas.
Regrettably, my uncle did not refer to these cases by name.
Malangnya, pak cik saya tidak menyebut kes-kes ini dengan
nama.
Instead, all studies were given nothing more than a number.
Sebaliknya, semua kajian hanya diberikan nombor.
**This way I was limited in attempting any personal
investigation.**
Dengan cara ini saya terhad dalam mencuba sebarang siasatan
peribadi.
And corroborating the evidence further was demanding.
Dan mengesahkan bukti dengan lebih lanjut adalah sesuatu
yang mencabar.
But finally I did succeed in tracing down some cases.

Tetapi akhirnya saya berjaya mengesan beberapa kes.
I should have trusted the notes from my uncle.
Saya sepatutnya mempercayai nota daripada pak cik saya.
They reported their dreams true to their reports.
Mereka melaporkan mimpi mereka seperti yang dilaporkan.
I have often wondered what they thought the questioning meant.
Saya sering tertanya-tanya apa yang mereka fikir maksud soalan itu.
It is for the best that no explanation shall ever reach them.
Adalah lebih baik jika tiada penjelasan yang sampai kepada mereka.

***

As I have mentioned, my uncle also collected press clippings.
Seperti yang telah saya nyatakan, pak cik saya juga mengumpul keratan akhbar.
These press clippings corresponded to the dates in question.
Keratan akhbar ini sepadan dengan tarikh yang dimaksudkan.
The sources were scattered throughout the globe.
Sumber-sumber itu tersebar di seluruh dunia.
Professor Angell must have employed a cutting bureau.
Profesor Angell pasti telah mengupah seorang biro pemotongan.
Because the number of extracts was tremendous.
Kerana bilangan ekstraknya sangat banyak.
There was a parallel to this part of his research.
Terdapat persamaan dengan bahagian penyelidikannya ini.
Cases of panic, mania, and eccentricity.
Kes-kes panik, mania, dan eksentrik.
One case was a nocturnal suicide in London.
Satu kes ialah bunuh diri pada waktu malam di London.
A lone sleeper had leaped from a window after a shocking cry.

Seorang yang tidur sendirian telah melompat dari tingkap selepas satu jeritan yang mengejutkan.

A rambling letter to the editor of a paper in South America.
Surat yang merapu kepada editor sebuah akhbar di Amerika Selatan.

A fanatic deduces a dire future from visions he had had.
Seorang fanatik menyimpulkan masa depan yang buruk daripada penglihatan yang pernah dialaminya.

A dispatch from California describes a theosophist colony.
Satu kiriman dari California menggambarkan sebuah koloni teosofis.

They donned white robes en masse for some "glorious fulfilment".
Mereka memakai jubah putih beramai-ramai untuk "pemenuhan yang gemilang".

Although that "glorious fulfilment" never arose.
Walaupun "penggenapan yang gemilang" itu tidak pernah muncul.

There seems to be serious unrest from the natives in India.
Nampaknya terdapat pergolakan yang serius daripada penduduk asli di India.

Voodoo orgies multiplied in Haiti.
Pesta pora voodoo berleluasa di Haiti.

African outposts report ominous mutterings.
Pos-pos Afrika melaporkan rungutan yang tidak menyenangkan.

American officers in the Philippines find certain tribes bothersome.
Pegawai Amerika di Filipina mendapati puak-puak tertentu menyusahkan.

New York policemen are mobbed by hysterical Levantines.
Anggota polis New York dikerumuni oleh penduduk Levantine yang histeria.

This occurred exactly on the night of March 22-23.
Ini berlaku tepat pada malam 22-23 Mac.

The west of Ireland, too, was full of wild rumor and legendry.

Barat Ireland juga penuh dengan khabar angin dan lagenda yang liar.

A fantastic painter named Ardois-Bonnot made the news in France.

Seorang pelukis hebat bernama Ardois-Bonnot menjadi berita di Perancis.

He hung a blasphemous dream landscape in the Paris spring salon.

Dia menggantungkan landskap impian yang menghujat di salun musim bunga Paris.

The recorded troubles in insane asylums were immeasurable.

Masalah yang direkodkan di rumah sakit jiwa tidak terkira banyaknya.

A miracle must have kept the medical fraternities unsuspecting.

Satu keajaiban pasti telah membuatkan persaudaraan perubatan tidak curiga.

But they never noted the strange parallelisms of the cases.

Tetapi mereka tidak pernah memperhatikan persamaan yang aneh dalam kes-kes tersebut.

Else they too would have come to mystified conclusions.

Jika tidak, mereka juga akan sampai kepada kesimpulan yang keliru.

I must confess these were indeed a set of weird paper cuttings.

Saya akui ini memang satu set keratan kertas yang pelik.

My uncle had put forward a convincing argument.

Pak cik saya telah mengemukakan hujah yang meyakinkan.

I can't explain how I set the evidence aside.

Saya tidak dapat menjelaskan bagaimana saya mengetepikan bukti itu.

But my callous rationalism took the upper hand.

Tetapi rasionalisme saya yang tidak berperasaan mengatasi segalanya.

And I was still suspicious of the young sculptor, Wilcox.

Dan saya masih curiga terhadap pengukir muda itu, Wilcox.

He must have known of the older matters mentioned by the professor.
Dia pasti tahu tentang perkara-perkara lama yang disebut oleh profesor itu.

The Tale of Inspecter Legrasse

Let me turn your attention away from the young sculptor.
Biar saya alihkan perhatian awak daripada pengukir muda
itu.
And let us focus on the second half of the manuscript.
Dan mari kita fokus pada separuh kedua manuskrip ini.
A few dreams alone would not have been so significant.
Beberapa mimpi sahaja tidak akan begitu bermakna.
The bas-relief could have been dismissed as a hoax.
Ukiran ringan itu boleh dianggap sebagai satu penipuan.
But my uncle had previously been primed to take interest.
Tetapi pak cik saya sebelum ini telah bersedia untuk berminat.
Wilcox's dream seemed to have a link to past events.
Mimpi Wilcox seolah-olah mempunyai kaitan dengan
peristiwa lalu.
It wasn't the first time that he had heard that word.
Itu bukan kali pertama dia mendengar perkataan itu.
The ominous syllables perhaps written as "Cthulhu".
Suku kata yang tidak menyenangkan mungkin ditulis sebagai
"Cthulhu".
He had seen and heard of similar descriptions before.
Dia pernah melihat dan mendengar penerangan yang serupa
sebelum ini.
The hellish outlines of the nameless monstrosity.
Garis-garis besar neraka dari keburukan tanpa nama itu.
He had previously puzzled over the same hieroglyphics.
Dia sebelum ini pernah tertanya-tanya tentang hieroglif yang
sama.
All this produced a horrible connection of events.
Semua ini menghasilkan hubungan peristiwa yang
mengerikan.
It is no wonder he pursued young Wilcox with queries.
Tidak hairanlah dia mengejar Wilcox muda dengan
pertanyaan.
And we must not be surprised he interrogated Wilcox so.

Dan kita tidak boleh terkejut dia menyoal siasat Wilcox
sedemikian.

This earlier experience had come in the year of 1908.
Pengalaman terdahulu ini telah datang pada tahun 1908.

Seventeen years before Wilcox came to my great-uncle.
Tujuh belas tahun sebelum Wilcox datang kepada moyang
saya.

The archeological society were meeting in St. Louis.
Persatuan arkeologi sedang bermesyuarat di St. Louis.

Professor Angell had a prominent part in the deliberations.
Profesor Angell memainkan peranan penting dalam
perbincangan tersebut.

His responsibilities befitted one of his authority.
Tanggungjawabnya sesuai dengan salah satu daripada
kewibawaannya.

**He was one of the first to be approached by several
outsiders.**
Dia antara yang pertama didekati oleh beberapa orang luar.

They took advantage of the convocation to offer questions.
Mereka mengambil kesempatan daripada majlis konvokesyen
itu untuk mengemukakan soalan.

They hoped for correct answering from an expert.
Mereka berharap jawapan yang betul daripada pakar.

They each had very peculiar types of problems.
Mereka masing-masing mempunyai jenis masalah yang
sangat pelik.

And they required very different types of solutions.
Dan mereka memerlukan pelbagai jenis penyelesaian.

The chief of these was a common-looking middle-aged man.
Ketua mereka ini adalah seorang lelaki pertengahan umur
yang kelihatan biasa.

And he quickly became the meeting's focus of interest.
Dan dia dengan cepat menjadi tumpuan perhatian mesyuarat
itu.

***

He had traveled to St. Louis all the way from New Orleans.
Dia telah pergi ke St. Louis dari New Orleans.
He had come to the meeting for special information.
Dia datang ke mesyuarat itu untuk mendapatkan maklumat khas.
Knowledge that could not be unobtained from local source.
Pengetahuan yang tidak boleh tidak diperoleh daripada sumber tempatan.
His name was John Raymond Legrasse, police inspector.
Namanya John Raymond Legrasse, inspektor polis.
He bore with him the mysterious subject of his inquiries.
Dia membawa bersamanya perkara misteri yang menjadi pertanyaannya.
A grotesque and apparently very ancient stone statuette.
Sebuah patung batu yang mengerikan dan nampaknya sangat kuno.
A statuette whose origin no one had been able to determine.
Sebuah patung kecil yang tiada siapa yang dapat menentukan asal usulnya.
But don't assume Inspector Legrasse was an archeologist.
Tetapi jangan menganggap Inspektor Legrasse seorang ahli arkeologi.
He had very little interest in archeology, nor mythology.
Dia sangat kurang berminat dengan arkeologi, mahupun mitologi.
His wish for enlightenment had rather different motivations.
Keinginannya untuk pencerahan mempunyai motivasi yang agak berbeza.
He was prompted to come by purely professional considerations.
Dia terdorong untuk datang atas pertimbangan profesional semata-mata.
The statuette had been captured as part of a police raid.
Patung kecil itu telah dirampas sebagai sebahagian daripada serbuan polis.
Although whether it was even a statuette wasn't determined.

Walaupun sama ada ia sebuah patung kecil tidak dapat ditentukan.

It could also have been an idol, magic fetish, or charm.

Ia juga mungkin berhala, fetisy sihir atau azimat.

Whatever it was, it had been captured some months previously.

Apa pun ia, ia telah ditawan beberapa bulan sebelumnya.

A meeting was being held in the wooded swamps of New Orleans.

Satu mesyuarat sedang diadakan di paya hutan New Orleans.

The police had been tipped of about a supposed voodoo meeting.

Polis telah dimaklumkan tentang kononnya satu mesyuarat voodoo.

Strange and hideous rites connected with the voodoo circle.

Upacara pelik dan mengerikan yang berkaitan dengan bulatan voodoo.

The police could not but realize what they had stumbled on.

Polis tidak dapat tidak menyedari apa yang telah mereka temui.

A dark cult previously totally unknown to the authorities.

Sebuah aliran gelap yang sebelum ini tidak diketahui sepenuhnya oleh pihak berkuasa.

Infinitely more sinister than what an outsider could expect.

Jauh lebih jahat daripada apa yang dijangkakan oleh orang luar.

More diabolic than the blackest of the African voodoo circles.

Lebih jahat daripada bulatan voodoo Afrika yang paling hitam.

Unbelievable tales were extorted from the captured cult members.

Kisah-kisah yang luar biasa telah diperas ugut daripada ahli kultus yang ditawan.

But nothing of the relic's origin could be discovered.

Tetapi tiada apa-apa tentang asal usul relik itu dapat ditemui.

Hence the anxiety of the police for any antiquarian lore.

Oleh itu, pihak polis bimbang tentang sebarang pengetahuan antik.

Ancient mythology might explain the frightful symbol.

Mitologi kuno mungkin menjelaskan simbol yang menakutkan itu.

Deeper knowledge could perhaps track the fountain-head.

Pengetahuan yang lebih mendalam mungkin boleh menjejaki punca air pancut itu.

Inspector Legrasse was not prepared for the excitement he created.

Inspektor Legrasse tidak bersedia untuk keterujaan yang diciptakannya.

One sight of the mysterious object was all that was required.

Hanya dengan melihat objek misteri itu sahaja sudah memadai.

The assembled men of science were filled with curiosity.

Para saintis yang berkumpul itu dipenuhi dengan rasa ingin tahu.

They lost no time in crowding closely around the inspector.

Mereka tidak membuang masa untuk mengerumuni inspektor itu.

And they all tried to get the best look at the diminutive figure.

Dan mereka semua cuba untuk melihat susuk tubuh kecil itu dengan sebaik mungkin.

***

The genuinely abysmal antiquity inspired wild imagination.

Zaman purba yang benar-benar teruk telah mengilhami imaginasi liar.

The strangeness hinted so potently at unopened and archaic vistas.

Keanehan itu memberi bayangan yang begitu kuat pada pemandangan yang belum dibuka dan kuno.

No recognized school of sculpture had animated this terrible object.

Tiada sekolah arca yang diiktiraf telah menganimasikan objek yang dahsyat ini.

Yet centuries seemed recorded in the dim and greenish surface.

Namun berabad-abad lamanya seolah-olah tercatat di permukaan yang malap dan kehijauan.

Perhaps thousands of years were hidden in this unplaceable stone.

Mungkin beribu-ribu tahun tersembunyi di dalam batu yang tidak dapat diletakkan ini.

The figurine was finally passed slowly from man to man.

Patung itu akhirnya diserahkan perlahan-lahan dari seorang lelaki ke seorang lelaki.

Each scientist carefully studied the strange markings of the stone.

Setiap saintis mengkaji dengan teliti tanda-tanda pelik pada batu itu.

The work was between seven and eight inches in height.

Karya itu setinggi antara tujuh hingga lapan inci.

And the exquisite artistic workmanship must be noted.

Dan mutu kerja seni yang indah mesti diberi perhatian.

The carvings represented a monster of vaguely anthropoid outline.

Ukiran-ukiran itu mewakili raksasa yang mempunyai garis bentuk antropoid yang samar-samar.

On the face of the octopus-esque head was a mass of feelers.

Di bahagian muka kepala yang ala-kurita itu terdapat sekumpulan alat peraba.

Prodigious claws on hind and fore feet protruded from the body.

Kuku yang luar biasa pada kaki belakang dan depan menonjol dari badan.

The bloated corpulence had a rubbery looking quality to it.

Bentuk badan yang kembung itu kelihatan seperti getah.

And from behind the rubbery body came out two narrow wings.

Dan dari belakang badan yang seperti getah itu muncul dua sayap sempit.

It would be instinctual to think of this thing as fearsome.

Secara nalurinya, ia akan menganggap perkara ini sebagai sesuatu yang menakutkan.

There was an unnatural malignancy to the aura of the creature.

Terdapat keganasan yang tidak semula jadi pada aura makhluk itu.

The gargantuan squatted evilly on a rectangular block.

Orang gergasi itu bercangkung jahat di atas bongkah segi empat tepat.

The pedestal it was on was covered with undecipherable characters.

Kekaki tempat ia berada dipenuhi dengan aksara yang tidak dapat ditafsirkan.

The tips of the wings touched the back edge of the block.

Hujung sayap menyentuh tepi belakang blok itu.

The creature was sitting on the middle of the giant block.

Makhluk itu sedang duduk di tengah-tengah blok gergasi itu.

Its legs were doubled up under its monstrous body.

Kakinya dilipat dua di bawah badannya yang besar.

The long, curved claws gripped the front edge of the cliff.

Kuku-kuku yang panjang dan melengkung itu mencengkam tepi hadapan tebing.

The cephalopod head was bent forward, observing its kingdom.

Kepala cephalopod itu membongkok ke hadapan, memerhatikan kerajaannya.

The ends of the facial feelers brushed the backs of huge forepaws.

Hujung alat peraba muka itu menyentuh belakang kaki depan yang besar.

And the forepaws clasped the croucher's elevated knees.

Dan kaki depannya mencengkam lutut orang yang berjongkok itu yang dinaikkan.

The appearance of the grotesque scene was abnormally lifelike.

Kemunculan adegan mengerikan itu sungguh luar biasa seperti hidup.

But this lifelike quality only added a subtle reason to be more fearful.

Tetapi kualiti yang seperti hidup ini hanya menambah sebab yang halus untuk menjadi lebih takut.

Because we knew nothing about the source of the depiction.

Kerana kami tidak tahu apa-apa tentang sumber gambaran itu.

The creature's vast, awesome, and incalculable age was unmistakable.

Usia makhluk itu yang luas, mengagumkan, dan tidak terkira memang tidak dapat disangkal lagi.

But not one link did the depiction show with any known type of art.

Tetapi tiada satu pun kaitan yang ditunjukkan oleh gambaran itu dengan mana-mana jenis seni yang diketahui.

Not even the earliest civilizations made reference to this creature.

Tamadun terawal pun tidak merujuk kepada makhluk ini.

But that is not the only point at which our knowledge failed us.

Tetapi itu bukanlah satu-satunya titik di mana pengetahuan kita gagal.

***

The mineralogy of the stone was also a complete mystery.

Mineralogi batu itu juga merupakan misteri yang lengkap.

Gold specks dotted the soapy, greenish-black stone.

Tompok-tompok emas menghiasi batu hitam kehijauan yang bersabun itu.

Iridescent striations ran along the length of the stone.

Jalur-jalur berwarna-warni terbentang di sepanjang batu itu.

In short, the stone resembled nothing within mineralogy.

Pendek kata, batu itu tidak menyerupai apa-apa dalam mineralogi.

Geologists hadn't been able to identify the stone either.

Ahli geologi juga tidak dapat mengenal pasti batu itu.

The hieroglyphs along the stone were equally baffling.

Hieroglif di sepanjang batu itu juga membingungkan.

The writing system was horribly different than other scripts.

Sistem penulisan itu sangat berbeza daripada skrip lain.

A representation of half the world's leading experts was present.

Perwakilan separuh pakar terkemuka dunia hadir.

But no link to any known writing system could be established.

Tetapi tiada kaitan dengan mana-mana sistem tulisan yang diketahui dapat diwujudkan.

Everything frightfully suggested an old and unhallowed cycle of life.

Segala-galanya dengan mengerikan membayangkan kitaran hidup yang lama dan tidak suci.

A history in which our world and our conceptions played no part.

Sejarah di mana dunia dan konsepsi kita tidak memainkan peranan.

The experts shook their heads, admitting they had been defeated.

Para pakar menggelengkan kepala, mengakui bahawa mereka telah dikalahkan.

But one expert did not give up quite so quickly.

Tetapi seorang pakar tidak berputus asa begitu cepat.

He claimed to have a touch of bizarre familiarity with the subject.

Dia mendakwa mempunyai sedikit keakraban yang pelik dengan subjek itu.

The monstrous shape and writing weren't entirely new to him.

Bentuk dan tulisan yang mengerikan itu bukanlah sesuatu yang baharu baginya.

With some diffidence he told of the odd trifle he knew.
Dengan sedikit rasa malu-malu dia menceritakan tentang perkara remeh yang diketahuinya.
This person was the late William Channing Webb.
Orang ini ialah mendiang William Channing Webb.
He was professor of anthropology in Princeton University.
Beliau merupakan profesor antropologi di Universiti Princeton.
And he was an explorer of no small significance.
Dan dia seorang penjelajah yang tidak kecil maknanya.

***

Forty-eight years ago he was exploring Greenland and Iceland.
Empat puluh lapan tahun yang lalu dia sedang menjelajah Greenland dan Iceland.
His group were in search of some Runic inscriptions.
Kumpulannya sedang mencari beberapa inskripsi Runik.
But the expedition failed to unearth any inscriptions.
Tetapi ekspedisi itu gagal menemui sebarang inskripsi.
They trekked the heights of West Greenland's coasts.
Mereka mendaki kawasan tinggi di pesisir pantai Greenland Barat.
Here they encountered a strange cult of degenerate Eskimos.
Di sini mereka bertemu dengan kultus Eskimo yang merosot.
Their religion consisted of a form of devil-worship.
Agama mereka terdiri daripada suatu bentuk penyembahan syaitan.
And their rituals were deliberately bloodthirsty and repulsive.
Dan ritual mereka sengaja dahagakan darah dan menjijikkan.
It was a faith of which other Eskimos knew little.
Ia adalah kepercayaan yang sedikit diketahui oleh orang Eskimo lain.
Locals shuddered at the mention of their practices.

Penduduk tempatan menggigil apabila disebut tentang amalan mereka.

They said their believes came from horribly ancient eons.

Mereka berkata kepercayaan mereka berasal dari zaman purba yang mengerikan.

A time before the world as we know it now had ever been made.

Zaman sebelum dunia seperti yang kita kenali sekarang pernah diciptakan.

There were human sacrifices and queer hereditary rituals.

Terdapat pengorbanan manusia dan ritual turun-temurun yang aneh.

And all their worship was directed at a supreme tornasuk.

Dan semua penyembahan mereka ditujukan kepada tornasuk yang maha kuasa.

Professor Webb had taken a phonetic copy from an aged angekok.

Profesor Webb telah mengambil salinan fonetik daripada seorang angekok yang sudah tua.

He had transcribed the wizard-priest's chants as best he could.

Dia telah menyalin mantera pendeta ahli sihir itu sebaik mungkin.

But currently these transcriptions weren't of prime significance.

Tetapi pada masa ini transkripsi ini tidak begitu penting.

The cult had a cherished stone that they worshipped.

Kultus itu mempunyai batu berharga yang mereka sembah.

They danced wildly when the aurora leaped over the ice cliffs.

Mereka menari liar apabila aurora melompat ke atas tebing ais.

And in the midst of their dance was the strange stone.

Dan di tengah-tengah tarian mereka terdapat batu yang aneh.

It was, the professor stated, a very crude bas-relief of stone.

Ia, kata profesor itu, merupakan satu ukiran batu yang sangat kasar.

The stone comprised a hideous picture and some cryptic writing.

Batu itu terdiri daripada gambar yang mengerikan dan beberapa tulisan samar.

And as far as he could tell this stone was a rough parallel.

Dan setahu dia, batu ini merupakan satu bentuk selari yang kasar.

The stone had all the same essential features of bestial things.

Batu itu mempunyai semua ciri penting yang sama seperti benda-benda binatang.

The scientists received this data with suspense and astonishment.

Para saintis menerima data ini dengan penuh rasa terkejut dan terkejut.

Even Inspector Legrasse had quickly gained an interest in mythology.

Malah Inspektor Legrasse juga dengan cepat berminat dengan mitologi.

And he began at once to ply his informant with questions.

Dan dia serta-merta mula menyoal pemberi maklumatnya dengan pelbagai soalan.

He had notes of the oral ritual of the cult-worshipers in the swamp.

Dia mempunyai nota tentang ritual lisan para penyembah kultus di paya itu.

He besought the professor to remember the diabolist Eskimos' chants.

Dia meminta profesor itu untuk mengingati nyanyian orang Eskimo yang jahat.

There then followed an exhaustive comparison of details.

Kemudian diikuti dengan perbandingan terperinci.

And there then followed a moment of really awed silence.

Dan kemudian diikuti oleh saat kesunyian yang benar-benar kagum.

The Eskimo wizards and the Louisiana swamp-priests were worlds apart.

Ahli sihir Eskimo dan paderi paya Louisiana sangat berbeza.
And yet there was a phrase the two hellish rituals had in common.
Namun begitu, terdapat ungkapan yang sama antara kedua-dua ritual neraka itu.
"Ph'nglui mglw'nafh Cthulhu R'lyeh wgah'nagl fhtagn."
"Ph'nglui mglw'nafh Cthulhu R'lyeh wgah'nagl fhtagn."

***

Legrasse had one advantage over Professor Webb.
Legrasse mempunyai satu kelebihan berbanding Profesor Webb.
He had spoken to several of his mongrel prisoners.
Dia telah bercakap dengan beberapa orang tahanan kacukannya.
Some of them had passed on the phrase's meaning.
Sebahagian daripada mereka telah menyampaikan maksud frasa itu.
"In his house at R'lyeh dead Cthulhu waits dreaming."
"Di rumahnya di R'lyeh, Cthulhu yang mati sedang menunggu dalam mimpi."
So the attention turned back to Inspector Legrasse.
Jadi perhatian kembali tertumpu kepada Inspektor Legrasse.
And he was probed with many disconnected questions.
Dan dia dihujani dengan banyak soalan yang tidak terjawab.
He detailed his experience with the worshipers from the swamp.
Dia menceritakan secara terperinci pengalamannya dengan para penyembah dari paya itu.
My uncle attached profound significance to the story.
Pakcik saya memberi makna yang mendalam kepada cerita itu.
The report savored of the wildest dreams of myth-makers.
Laporan itu menikmati impian paling liar para pembuat mitos.
Theosophists could not have provided more imagination.

Ahli teosofis tidak dapat memberikan lebih banyak imaginasi.
But the philosophies came from unexpected sources.
Tetapi falsafah-falsafah itu datang dari sumber yang tidak
dijangka.
Half-castes and pariahs told these fantastical stories.
Kasta separuh dan paria menceritakan kisah-kisah fantastik
ini.
On November 1st, 1907, his chain of events unfolded.
Pada 1 November 1907, rangkaian peristiwanya terungkap.
The New Orleans police received desperate calls.
Polis New Orleans menerima panggilan terdesak.
**They were called to the swamp and lagoon country to the
south.**
Mereka dipanggil ke kawasan paya dan lagun di selatan.
The settlers there were mostly primitive, but good-natured.
Peneroka di sana kebanyakannya primitif, tetapi baik hati.
**Most living by the swamp were descendants of Lafitte's
men.**
Kebanyakan yang tinggal di tepi paya itu adalah keturunan
orang Lafitte.
But now they were in the grip of stark terror.
Tetapi sekarang mereka berada dalam cengkaman ketakutan
yang dahsyat.
An unknown thing had stolen upon them in the night.
Satu perkara yang tidak diketahui telah mencuri perhatian
mereka pada waktu malam.
It was voodoo, apparently, that caused the disturbance.
Rupa-rupanya, voodoo yang menyebabkan gangguan itu.
But it was a voodoo unlike the other forms of voodoo.
Tetapi ia adalah voodoo tidak seperti bentuk voodoo yang
lain.
Voodoo of a more terrible sort than they had ever known.
Voodoo yang lebih dahsyat daripada yang pernah mereka
ketahui.
Some of their women and children had disappeared.
Sebahagian daripada wanita dan anak-anak mereka telah
hilang.

A malevolent drumming had begun its incessant beating.
Satu dentuman gendang yang jahat telah memulakan dentumannya yang tidak henti-henti.
Far and deep within those dark, black haunted woods.
Jauh dan jauh di dalam hutan gelap berhantu itu.
There, where no dweller dared to ventured close to.
Di sana, di mana tiada penghuni yang berani pergi dekat.
There were insane shouts and harrowing screams.
Terdapat jeritan-jeritan yang tidak masuk akal dan jeritan yang mengerikan.
Soul-chilling chants and dancing devil-flames.
Nyanyian yang menyejukkan jiwa dan api syaitan yang menari-nari.
The messenger and his people could stand it no more.
Utusan dan kaumnya tidak tahan lagi.
A body of twenty police set out in the late afternoon.
Sekumpulan dua puluh anggota polis bertolak pada lewat petang.
And a shivering settler came with them as a guide.
Dan seorang peneroka yang menggigil datang bersama mereka sebagai pemandu pelancong.

***

At the end of the passable road they alighted.
Di hujung jalan yang boleh dilalui itu mereka turun.
For miles and miles they splashed on in silence.
Berbatu-batu lamanya mereka meneruskan perjalanan dalam diam.
And they went on through the terrible cypress woods.
Dan mereka terus berjalan melalui hutan cemara yang mengerikan itu.
Dark, dark woods in which day but almost never came.
Hutan gelap, gelap pada hari apa tetapi hampir tidak pernah datang.
Ugly roots set traps for them in the wet ground.

Akar-akar yang hodoh memasang perangkap untuk mereka di tanah basah.

Malignant hanging nooses of Spanish moss beset them.

Tali gantung yang ganas daripada lumut Sepanyol mengepung mereka.

In the distance the settlement slowly came into sight.

Di kejauhan, perkampungan itu perlahan-lahan kelihatan.

Hysterical dwellers ran out of the miserable huts.

Penghuni-penghuni yang histeria berlari keluar dari pondok-pondok yang menyedihkan itu.

They clustered around the group of bobbing lanterns.

Mereka berkerumun di sekeliling kumpulan tanglung yang terapung-apung itu.

Far, far ahead the cause of all the fear could be heard.

Jauh, jauh di hadapan punca segala ketakutan itu dapat didengari.

The muffled beat of drums was now faintly audible.

Rentak dram yang teredam kini samar-samar kedengaran.

At times the wind shifted and revealed different sounds.

Kadangkala angin berubah dan mengeluarkan bunyi yang berbeza.

Curdling shrieks were audible at infrequent intervals.

Jeritan mendengkur kedengaran pada selang masa yang jarang berlaku.

A reddish glare seemed to filter through the undergrowth.

Silau kemerahan seolah-olah menyaring melalui semak-samun.

The settlers were reluctant to be left alone again.

Peneroka-peneroka itu enggan dibiarkan bersendirian lagi.

But they point blank refused to move forwards either.

Tetapi mereka terus terang enggan maju ke hadapan.

So the inspector and his colleagues plunged on unguided.

Jadi inspektor dan rakan-rakannya terus terjun ke dalam keadaan tidak berpandu.

And they went into the black arcades of horror.

Dan mereka masuk ke dalam arked gelap yang mengerikan.

The region was one of traditionally evil repute.

Wilayah itu mempunyai reputasi buruk secara tradisinya.
The lands were substantially unknown by white men.
Tanah-tanah itu tidak diketahui sepenuhnya oleh orang kulit putih.
Not many explorers had traversed those regions yet.
Tidak ramai penjelajah yang telah merentasi kawasan tersebut lagi.
There were also legends of a hidden away lake.
Terdapat juga legenda tentang tasik yang tersembunyi.
A body of water still unglimpsed by mortal sight.
Sebuah badan air yang masih tidak dapat dilihat oleh manusia.
In the lake it was said there dwelt a strange creature.
Di dalam tasik itu dikatakan terdapat seekor makhluk aneh.
A huge, formless white polypous thing with luminous eye.
Sesuatu benda polipus putih yang besar dan tidak berbentuk dengan mata yang bercahaya.
And settlers whispered about bat-winged devils.
Dan peneroka berbisik tentang syaitan bersayap kelawar.
They flew up out of caverns from the inner earth.
Mereka terbang keluar dari gua-gua dari dalam bumi.
And together the demons worship it at midnight.
Dan bersama-sama syaitan-syaitan menyembahnya pada tengah malam.
They said it had been there before D'Iberville.
Mereka kata ia telah ada di sana sebelum D'Iberville.
They said it had been there before La Salle too.
Mereka kata ia pernah ada di sana sebelum La Salle juga.
They said it was there before the Native Americans.
Mereka kata ia sudah ada sebelum penduduk asli Amerika.
Perhaps it was even there before the wholesome beasts.
Mungkin ia sudah ada di sana sebelum binatang-binatang yang sihat itu.
It was a nightmare itself that made men dream.
Ia adalah mimpi ngeri yang membuatkan lelaki bermimpi.
And to see the thing was the same as death.
Dan melihat benda itu sama seperti mati.

And so they had enough warning to know to keep away.
Dan jadi mereka mempunyai amaran yang cukup untuk
mengetahui cara menjauhi diri.
Because it was indeed where they were warned it was.
Kerana memang di situlah mereka telah diberi amaran.
The voodoo orgy was on the fringe of this abhorred area.
Pesta voodoo berada di pinggir kawasan yang dibenci ini.
But the location was already bad enough by itself.
Tetapi lokasi itu sendiri sudah cukup teruk.
The voodoo activities only added to the horror.
Aktiviti voodoo itu hanya menambahkan lagi keadaan ngeri.
Perhaps poetry could do justice to the noises heard.
Mungkin puisi dapat memberikan keadilan kepada bunyi-
bunyian yang didengari.
Otherwise only madness would help one understand.
Jika tidak, hanya kegilaan yang akan membantu seseorang
memahami.
But Legrasse's plowed on through the black morass.
Tetapi Legrasse terus menerobos paya hitam itu.
The sound of the muffled drumming slowly crystalized.
Bunyi gendang yang teredam perlahan-lahan menjadi kristal.
And they continued steadily towards the red glare.
Dan mereka terus berjalan dengan mantap ke arah silau
merah itu.

***

There are vocal qualities specific to men.
Terdapat kualiti vokal khusus untuk lelaki.
And there are vocal qualities specific to beasts.
Dan terdapat kualiti vokal khusus untuk binatang buas.
It is terrible when one makes the sounds of the other.
Sungguh mengerikan apabila yang seorang mengeluarkan
bunyi yang lain.
Animal fury freed them of their human restraint.
Kemarahan haiwan membebaskan mereka daripada kekangan
manusia.

Orgiastic license whipped them into demoniac heights.
Lesen pesta pora menyeret mereka ke tahap yang teruk seperti syaitan.
Howls that tore through those perpetually dark woods.
Lolongan yang mengoyakkan hutan yang sentiasa gelap itu.
Squawking ecstasies that echoed in everyone's mind.
Kegembiraan yang menjerit-jerit bergema di fikiran semua orang.
Sounds like pestilential tempests from the gulfs of hell.
Kedengaran seperti ribut pestilensial dari teluk neraka.
Now and then the less organized ululations would cease.
Kadang-kadang omelan yang kurang teratur itu akan berhenti.
A well-drilled chorus of hoarse voices rose in singsong.
Satu korus suara-suara serak yang terlatih dengan baik kedengaran dalam nyanyian.
And they chanted that hideous phrase of their ritual.
Dan mereka melaungkan frasa ritual mereka yang mengerikan itu.
"Ph'nglui mglw'nafh Cthulhu R'lyeh wgah'nagl fhtagn"
"Ph'nglui mglw'nafh Cthulhu R'lyeh wgah'nagl fhtagn"
Then the men reached a spot where the trees were sparser.
Kemudian orang-orang itu sampai ke tempat di mana pokok-pokoknya lebih jarang.
Suddenly they come in sight of the spectacle itself.
Tiba-tiba mereka melihat pemandangan itu sendiri.
Four of them reeled from the horrible things they saw.
Empat daripada mereka terhuyung-hayang akibat perkara mengerikan yang mereka lihat.
One man fainted, and two were shaken into a frantic cry.
Seorang lelaki pengsan, dan dua orang tergamam sehingga menangis teresak-esak.
Fortunately their screams were not heard by other ears.
Mujurlah jeritan mereka tidak didengari oleh telinga lain.
The mad cacophony of the orgy deadened their screams.
Hiruk-pikuk pesta seks itu mematikan jeritan mereka.
Legrasse splashed swamp water on the fainting man.

Legrasse memercikkan air paya ke arah lelaki yang sedang pengsan itu.

They stood up again, but nearly hypnotized with horror.

Mereka berdiri semula, tetapi hampir terhipnotis kerana ngeri.

In a natural glade of the swamp stood a grassy island.

Di kawasan lapang semula jadi paya itu terdapat sebuah pulau berumput.

The grassy island extended perhaps for an acre.

Pulau berumput itu mungkin meliputi kawasan seluas satu ekar.

And the area was clear of trees and tolerably dry.

Dan kawasan itu bersih daripada pokok-pokok dan agak kering.

A horde of human abnormality leaped and twisted.

Sekumpulan manusia yang tidak normal melompat dan berpusing.

No Sime could paint what the men were seeing.

Tiada Sime yang dapat menggambarkan apa yang dilihat oleh lelaki-lelaki itu.

No Angarola has ever painted such an indescribable scene.

Tiada Angarola yang pernah melukis pemandangan yang tidak dapat digambarkan sedemikian.

The hybrid spawn made a monstrous ring-shaped bonfire.

Anak benih hibrid itu menghasilkan unggun api berbentuk cincin yang besar dan mengerikan.

They brayed bellowed and writhed about in their nudity.

Mereka meraung sambil menjerit dan menggeliat dalam keadaan bogel.

Occasionally there were rifts in the curtain of flame.

Kadang-kadang terdapat rekahan pada tirai api.

And there the object of their worship revealed itself.

Dan di sanalah objek penyembahan mereka menampakkan dirinya.

In the midst of the fire stood a great granite monolith.

Di tengah-tengah api itu berdiri sebuah monolit granit yang besar.

The stone structure was only about eight feet in height.

Struktur batu itu hanya setinggi kira-kira lapan kaki.

And the noxious carven statuette rested on the monolith.

Dan patung kecil berukir yang berbahaya itu terletak di atas monolit.

The idle was almost incongruous in its diminutiveness.

Kerusi terbiar itu hampir tidak sepadan dalam saiznya yang kecil.

Spaced evenly, scaffolds had been erected around the fire.

Dengan jarak yang sama rata, perancah telah didirikan di sekeliling unggun api.

From the scaffolding hung a number of marred bodies.

Dari perancah tergantung beberapa mayat yang rosak.

The bodies of those that had disappeared from nearby.

Mayat-mayat mereka yang telah hilang dari kawasan berdekatan.

It was inside this circle the ring of worshipers were.

Di dalam bulatan inilah terletaknya gelanggang para penyembah.

And they roared and jumped in the frantic trance.

Dan mereka mengaum dan melompat dalam keadaan berkhayal yang panik.

The general direction of the motion was anti-clockwise.

Arah umum gerakan itu adalah lawan arah jam.

The ring of bodies circling around the ring of fire.

Lingkaran jasad yang mengelilingi lingkaran api.

One man recollected other details even more concerning.

Seorang lelaki teringat butiran lain yang lebih membimbangkan.

But perhaps the echoes induced him to hear other things.

Tetapi mungkin gema itu mendorongnya untuk mendengar perkara lain.

He fancied he heard antiphonal responses to the ritual.

Dia menyangka dia terdengar respons antifonal terhadap ritual itu.

Noises from an unillumined spot deeper within the woods.

Bunyi-bunyi dari tempat yang tidak bercahaya di dalam hutan.

This man, Joseph D. Galvez, I later met and questioned.
Lelaki ini, Joseph D. Galvez, saya kemudiannya temui dan
soal siasat.
And he proved to indeed be distractingly imaginative.
Dan dia terbukti sememangnya mempunyai imaginasi yang
mengganggu.
He even hinted at the faint beating of great wings.
Dia juga membayangkan kepakan sayap besar yang samar-
samar.
And he suggested there was a glimpse of shining eyes.
Dan dia mencadangkan ada kelibat mata yang bersinar.
**And beyond the trees, a mountainous white bulk of
something.**
Dan di sebalik pepohonan, terdapat seketul sesuatu yang
berwarna putih menggunung.
I suppose he had heard too much native superstition.
Saya rasa dia telah mendengar terlalu banyak tahyul
penduduk tempatan.
But actually the horrified pause was relatively brief.
Tetapi sebenarnya jeda yang mengerikan itu agak singkat.
Duty came first, and they had come to do a job.
Kewajipan didahulukan, dan mereka datang untuk
melakukan tugas.

***

There must have been nearly a hundred mongrel celebrants.
Mesti ada hampir seratus orang yang menyambut perayaan
kacukan.
But the police were able to rely on their firearms.
Tetapi pihak polis masih boleh bergantung pada senjata api
mereka.
And they plunged determinedly into the nauseous rout.
Dan mereka dengan tekad menceburi diri dalam keadaan
mual itu.
For five minutes the chaotic din was beyond description.

Selama lima minit, kebisingan yang huru-hara itu tidak dapat digambarkan.

Wild blows were struck and shots were fired.

Pukulan liar telah dilancarkan dan tembakan dilepaskan.

Some escaped arrest by running into the darkness.

Ada yang terlepas daripada ditangkap dengan berlari ke dalam kegelapan.

They had a better knowledge of the layout of the swamp.

Mereka mempunyai pengetahuan yang lebih baik tentang susun atur paya itu.

But Legrasse and his men caught around half of them.

Tetapi Legrasse dan orang-orangnya menangkap kira-kira separuh daripada mereka.

And they counted around forty-seven sullen prisoners.

Dan mereka mengira sekitar empat puluh tujuh banduan yang muram.

They were forced to put on their clothes again.

Mereka terpaksa memakai pakaian mereka semula.

And they fell into line between two rows of policemen.

Dan mereka berbaris di antara dua baris anggota polis.

Five of the worshipers lay dead by the fire.

Lima orang jemaah terbaring mati di tepi api.

Two severely wounded prisoners were carried away.

Dua banduan yang cedera parah telah dibawa pergi.

Of course the image on the monolith was removed.

Sudah tentu imej pada monolit itu telah dialih keluar.

Legrasse himself took the evidence to the police station.

Legrasse sendiri telah membawa bukti tersebut ke balai polis.

The trip back to the headquarters was of intense strain.

Perjalanan pulang ke ibu pejabat sangat menegangkan.

The men were examined when they got back to civilization.

Lelaki-lelaki itu telah diperiksa apabila mereka kembali ke tamadun.

The prisoners all proved to be men of a very low type.

Semua banduan terbukti lelaki yang sangat rendah.

They were all mixed-blooded, and mentally aberrant.

Mereka semua berdarah campuran, dan mempunyai masalah mental yang tidak menentu.

Most were seamen by trade, or some similar professions.

Kebanyakannya adalah pelaut mengikut perdagangan, atau beberapa profesion yang serupa.

Negroes and mulattoes were sprinkled among them.

Orang kulit hitam dan mulato berselerak di antara mereka.

But most seemed to be West Indians or Brava Portuguese.

Tetapi kebanyakannya nampaknya orang India Barat atau Portugis Brava.

They primarily came from the Cape Verde Islands.

Mereka kebanyakannya berasal dari Kepulauan Cape Verde.

They gave the heterogeneous cult a coloring of voodooism.

Mereka memberi warna voodooisme kepada kultus heterogen itu.

But there wasn't even a need to ask too many questions.

Tetapi tidak perlu bertanya terlalu banyak soalan.

The conclusion quickly became manifest by itself.

Kesimpulan itu dengan cepat menjadi nyata dengan sendirinya.

Something far deeper than negro fetishism was involved.

Sesuatu yang jauh lebih mendalam daripada fetishisme negro terlibat.

Although ignorant, but their story was consistent.

Walaupun jahil, tetapi kisah mereka konsisten.

The creatures all spoke of the same central idea.

Semua makhluk itu membicarakan idea utama yang sama.

They certainly all shared the same loathsome faith.

Mereka semua pastinya berkongsi kepercayaan yang sama dan menjijikkan.

They worshiped, so they said, the great old ones.

Mereka menyembah, begitulah kata mereka, orang-orang tua yang agung.

The great old ones lived long before there were any men.

Orang-orang tua yang hebat hidup lama sebelum ada manusia.

And they came to the young world out of the sky.

Dan mereka datang ke dunia muda dari langit.

Those old ones were now gone, they explained.

Yang lama itu kini sudah tiada, jelas mereka.

They were now inside the earth and under the sea.

Mereka kini berada di dalam bumi dan di bawah laut.

But their dead bodies found ways to tell their secrets.

Tetapi mayat mereka menemui cara untuk memberitahu rahsia mereka.

They whispered into the dreams of the first men.

Mereka berbisik ke dalam mimpi orang pertama.

And the first men formed a cult which has never died.

Dan manusia pertama membentuk sebuah kultus yang tidak pernah mati.

***

The cult had always existed, and always would exist.

Kultus itu sentiasa wujud, dan akan sentiasa wujud.

Their followers were hidden in wastes all over the world.

Pengikut mereka bersembunyi di tempat-tempat yang tidak berguna di seluruh dunia.

Their followers were in dark places explorers overlooked.

Pengikut mereka berada di tempat gelap yang diabaikan oleh penjelajah.

And they would remain hidden until they were called.

Dan mereka akan tetap bersembunyi sehingga mereka dipanggil.

When the great priest Cthulhu rises again to the surface.

Apabila paderi agung Cthulhu muncul semula ke permukaan.

When Cthulhu brings the earth again beneath his sway.

Apabila Cthulhu membawa bumi kembali ke bawah kekuasaannya.

When Cthulhu leaves from his dark house in the mighty city of R'lyeh.

Apabila Cthulhu pergi dari rumah gelapnya di bandar R'lyeh yang perkasa.

Some day he was going call, when the stars were ready.

Suatu hari nanti dia akan datang berkunjung, apabila bintang-
bintang telah siap.

And the secret cult will always be waiting to liberate him.

Dan kultus rahsia itu akan sentiasa menunggu untuk
membebaskannya.

Meanwhile, no more of his story must be told.

Sementara itu, tiada lagi kisahnya yang perlu diceritakan.

There was a secret even torture could not extract.

Ada rahsia yang tidak dapat diungkapkan oleh penyeksaan
pun.

Mankind was not alone among the conscious things of earth.

Manusia tidak bersendirian di antara makhluk-makhluk bumi
yang sedar.

Because shapes came out of the dark to visit the faithful few.

Kerana rupa-rupa wujud muncul dari kegelapan untuk
melawat segelintir orang yang setia.

But these were not the great old ones.

Tetapi ini bukanlah yang lama yang hebat.

No man had ever seen the great old ones.

Tiada seorang pun yang pernah melihat orang-orang tua yang
hebat itu.

The carven idol was of great Cthulhu.

Berhala ukiran itu adalah milik Cthulhu yang agung.

None could say whether the others were like him.

Tiada siapa yang dapat menyatakan sama ada yang lain
seperti dia.

No one could read the old writing now.

Tiada siapa yang boleh membaca tulisan lama itu sekarang.

Instead, things were told by word of mouth.

Sebaliknya, perkara-perkara itu diceritakan secara lisan.

The chanted ritual was not the secret.

Ritual yang dilaungkan itu bukanlah rahsianya.

The secret was never spoken aloud, only whispered.

Rahsia itu tidak pernah diluahkan dengan lantang, hanya
dibisikkan.

The chant meant one thing, and one thing alone:

Mazmur itu bermaksud satu perkara, dan satu perkara sahaja:

"In his house at R'lyeh dead Cthulhu waits dreaming."
"Di rumahnya di R'lyeh, Cthulhu yang mati sedang bermimpi menunggu."
Only two of the prisoners were found sane enough to be hanged.
Hanya dua orang banduan didapati cukup waras untuk digantung.
The rest of them were committed to various institutions.
Selebihnya daripada mereka telah berkhidmat di pelbagai institusi.
All denied to have taken any part in the ritual murders.
Semua dinafikan telah mengambil sebarang bahagian dalam pembunuhan ritual itu.
They said the killing had been done by something else.
Mereka berkata pembunuhan itu telah dilakukan oleh sesuatu yang lain.
"The black-winged ones," the each insisted, separately.
"Yang bersayap hitam," tegas setiap seorang, secara berasingan.
They had come to them from their immemorial meeting-place.
Mereka telah datang kepada mereka dari tempat pertemuan mereka yang dahulu kala.
They had arisen out from the haunted woodlands.
Mereka telah muncul dari hutan berhantu.
But the stories of mysterious allies were inconsistent.
Tetapi kisah-kisah sekutu misteri itu tidak konsisten.

***

What the police did extract came mainly from one man.
Apa yang disingkap oleh pihak polis kebanyakannya datang daripada seorang lelaki.
An immensely aged mestizo named Castro.
Seorang mestizo yang sangat tua bernama Castro.
He claimed to have sailed to strange ports.

Dia mendakwa telah belayar ke pelabuhan-pelabuhan yang pelik.

And he said he had been to the mountains of China.

Dan dia kata dia pernah ke pergunungan di China.

There he talked with undying leaders of the cult.

Di sana dia bercakap dengan para pemimpin kultus yang abadi.

Old Castro remembered bits of hideous legend.

Castro tua teringat cebisan-cebisan legenda yang mengerikan.

His legends paled the speculations of theosophists.

Legenda-legendanya memudarkan spekulasi para teosofis.

His stories made man seem like a recent creation.

Kisah-kisahnya membuatkan manusia kelihatan seperti ciptaan baharu.

Even the world was transient in his account of things.

Dunia pun sementara dalam catatannya tentang sesuatu.

There had been eons when other Things ruled on the earth.

Telah terdapat kal-kal ketika Benda-benda lain memerintah bumi.

And they had had great cities here on the earth.

Dan mereka telah mempunyai kota-kota besar di bumi ini.

The deathless Chinamen told him reserved secrets.

Orang Cina yang abadi itu memberitahunya rahsia yang terpelihara.

He had told him their ruins could still be found.

Dia telah memberitahunya bahawa runtuhan mereka masih boleh ditemui.

There were still Cyclopean stones on islands in the Pacific.

Masih terdapat batu-batu Siklope di pulau-pulau di Pasifik.

They all died vast epochs of time before man came.

Mereka semua telah meninggal dunia berzaman lamanya sebelum manusia lahir.

But there were knowledges and practices in ancients arts.

Tetapi terdapat pengetahuan dan amalan dalam seni kuno.

Special rituals which could revive them again, in time.

Ritual khas yang boleh menghidupkan semula mereka, pada waktunya.

In the cycle of eternity their return was inevitable.

Dalam kitaran keabadian, kepulangan mereka tidak dapat dielakkan.

When the stars come round again to the right positions

Apabila bintang-bintang kembali berputar ke kedudukan yang betul

They had, indeed themselves come from the stars.

Mereka sememangnya datang dari bintang-bintang.

"These great old ones," Castro continued.

"Orang-orang tua yang hebat ini," sambung Castro.

They were not composed entirely of flesh and blood.

Mereka tidak sepenuhnya terdiri daripada darah dan daging.

They had shape," Castro insisted, confidently.

"Mereka ada bentuk badan yang baik," tegas Castro dengan yakin.

And he had strange proof for what he believed.

Dan dia mempunyai bukti yang pelik untuk apa yang dia percayai.

But the shape they took on was not made of matter.

Tetapi bentuk yang mereka ambil tidak diperbuat daripada jirim.

When the stars were in their right positions.

Apabila bintang-bintang berada di kedudukan yang betul.

Then they could plunge from one world to another.

Kemudian mereka boleh terjun dari satu dunia ke dunia yang lain.

Because they can move themselves through the sky.

Kerana mereka boleh bergerak sendiri melalui langit.

But when the stars were wrong, they cannot live.

Tetapi apabila bintang-bintang itu salah, mereka tidak boleh hidup.

And it is true that they no longer live like we do.

Dan memang benar mereka tidak lagi hidup seperti kita.

But despite that, they never really die either.

Tetapi walaupun begitu, mereka juga tidak pernah benar-benar mati.

They rest in stone houses in their great city of R'lyeh.

Mereka berehat di rumah-rumah batu di kota besar mereka di R'lyeh.

They are preserved by the spells of mighty Cthulhu.

Mereka dipelihara oleh mantera Cthulhu yang perkasa.

So there they lie, unaffected by the passing of time.

Jadi di situlah mereka terbaring, tidak terjejas oleh peredaran masa.

And they wait for another glorious resurrection.

Dan mereka menantikan kebangkitan mulia yang lain.

When the stars and earth are ready for them again.

Apabila bintang dan bumi bersedia untuk mereka lagi.

But they are still dependent on an outside force.

Tetapi mereka masih bergantung kepada kuasa luar.

A force from outside served to liberate their bodies.

Satu kuasa dari luar bertindak untuk membebaskan tubuh mereka.

The spells preserved them and kept them intact.

Jampi-jampi itu memelihara dan mengekalkannya utuh.

But the spells also kept them from breaking free.

Tetapi mantera-mantera itu juga menghalang mereka daripada membebaskan diri.

So they could only lie awake in the dark and think.

Jadi mereka hanya boleh berbaring dalam kegelapan dan berfikir.

***

In the meantime uncounted millions of years rolled by.

Dalam pada itu, jutaan tahun yang tidak terkira telah berlalu.

They knew all that was occurring in the universe.

Mereka tahu semua yang berlaku di alam semesta.

Because their mode of speech was transmitted thought.

Kerana cara pertuturan mereka disampaikan melalui pemikiran.

Even now they were talking in their tombs.

Bahkan sekarang pun mereka masih bercakap-cakap di dalam makam mereka.

Then, after infinities of chaos, the first men came.

Kemudian, selepas kekacauan yang tidak terhingga, manusia pertama datang.

The great old ones spoke to the sensitive among them.

Orang-orang tua yang hebat itu bercakap dengan orang-orang yang sensitif di antara mereka.

They spoke to them by molding their dreams.

Mereka bercakap dengan mereka dengan membentuk impian mereka.

Only that way could their language reach the fleshly minds of mammals.

Hanya dengan cara itu bahasa mereka dapat mencapai minda manusia mamalia.

Then, whispered Castro, those first men formed the cult.

Kemudian, bisik Castro, orang-orang pertama itu membentuk kultus itu.

They organized themselves around small idols.

Mereka menganjurkan diri mereka di sekitar berhala-berhala kecil.

The small idols which the great ones had shown them.

Berhala-berhala kecil yang telah ditunjukkan oleh berhala-berhala besar kepada mereka.

Idols brought from dim eras from dark stars.

Berhala yang dibawa dari zaman malap dari bintang gelap.

That cult would never die till the stars came right again.

Kultus itu tidak akan pernah mati sehingga bintang-bintang kembali baik.

The secret priests were going to take great Cthulhu from His tomb.

Para paderi rahsia akan mengambil Cthulhu yang agung dari makam-Nya.

And they were going to revive His subjects.

Dan mereka akan menghidupkan semula rakyat-Nya.

And then Cthulhu was going to resume His rule of earth.

Dan kemudian Cthulhu akan menyambung semula pemerintahan-Nya di bumi.

The right time was going to reveal itself quite clearly.

Masa yang sesuai akan terserlah dengan jelas.

At that time mankind will have become as the great old ones.

Pada masa itu manusia akan menjadi seperti orang-orang tua yang agung.

They will be free and wild and beyond good and evil.

Mereka akan bebas dan liar serta melampaui kebaikan dan kejahatan.

Laws and morals are going to be thrown aside.

Undang-undang dan moral akan diketepikan.

All men will be shouting and killing and reveling in joy.

Semua manusia akan berteriak, membunuh, dan bersukacita.

Then the liberated old ones will teach them the new ways.

Kemudian orang-orang lama yang telah dibebaskan akan mengajar mereka cara-cara baru.

New ways to shout and kill and revel and enjoy.

Cara baharu untuk menjerit, membunuh, bersuka ria dan menikmati.

And all the earth will flame with a holocaust of ecstasy and freedom.

Dan seluruh bumi akan menyala dengan holocaust ekstasi dan kebebasan.

Meanwhile the cult had to practice the appropriate rites.

Sementara itu, kultus itu terpaksa mengamalkan upacara yang sesuai.

They had to keep alive the memory of those ancient ways.

Mereka terpaksa menghidupkan kembali ingatan tentang cara-cara kuno itu.

And they had to shadow forth the prophecy of their return.

Dan mereka terpaksa membayangkan nubuatan kepulangan mereka.

In the elder time chosen men spoke with the entombed Old Ones.

Pada zaman dahulu, orang-orang terpilih bercakap dengan Orang Tua yang dikuburkan.

The entombed Old Ones spoke to them in their dreams.

Orang-orang Tua yang dikuburkan itu bercakap dengan mereka dalam mimpi mereka.

But then something disturbed their means of communication.

Tetapi kemudian sesuatu mengganggu cara komunikasi mereka.

The great stone in the city R'lyeh had sunk beneath the waves.

Batu besar di kota R'lyeh telah tenggelam di bawah ombak.

And the monoliths and sepulchers were beneath the waters.

Dan monolit serta kubur-kubur itu berada di bawah air.

Deep waters full of the one primal mystery.

Perairan dalam yang penuh dengan satu misteri purba.

Waters through which not even thought can pass.

Air yang tidak dapat dilalui oleh fikiran sekalipun.

Water that cut off their spectral communication.

Air yang memutuskan komunikasi spektrum mereka.

But the memory of the rites and rituals never died.

Tetapi ingatan tentang upacara dan ritual itu tidak pernah hilang.

And high priests said that the city would rise again.

Dan para imam besar berkata bahawa kota itu akan bangkit semula.

When the stars were right Cthulhu was going to return.

Apabila bintang-bintang itu tepat, Cthulhu akan kembali.

The moldy black spirits of the earth will come out again.

Roh-roh hitam bumi yang berkulat akan keluar lagi.

Shadowy black spirits full of dim rumors.

Roh-roh hitam samar-samar penuh dengan khabar angin yang samar-samar.

***

The spirits collected in caverns beneath forgotten sea-bottoms.

Roh-roh berkumpul di gua-gua di bawah dasar laut yang dilupakan.

But of those spirits old Castro dared not speak much.

Tetapi tentang roh-roh itu, Castro tua tidak berani bercakap banyak.

And he hurriedly cut himself off from the topic.

Dan dia cepat-cepat memutuskan hubungan dengan topik itu.

No amount of persuasion could elicit more in this direction.

Tiada jumlah pujukan yang dapat menghasilkan lebih banyak lagi ke arah ini.

No subtlety could convince him to speak of those spirits.

Tiada kehalusan yang dapat meyakinkannya untuk bercakap tentang roh-roh itu.

The size of the old ones, too, he curiously declined to mention.

Saiz yang lama juga, dia enggan menyebutnya dengan rasa ingin tahu.

And of the cult he spoke very little too.

Dan tentang kultus itu dia juga sangat sedikit bercakap.

He thought the center lay amid the pathless deserts of Arabia.

Dia menyangka pusatnya terletak di tengah-tengah padang pasir Arab yang tidak berliku.

There in Irem, the City of Pillars, dreams hidden and untouched.

Di Irem, Kota Tiang-tiang, impian tersembunyi dan tidak disentuh.

This cult was not allied to the European witch-cult.

Kultus ini tidak bersekutu dengan kultus ahli sihir Eropah.

And the cult was virtually unknown beyond its members.

Dan kultus itu hampir tidak dikenali selain ahli-ahlinya.

No book had ever really hinted of their knowledge.

Tiada buku yang pernah benar-benar mengisyaratkan tentang pengetahuan mereka.

Though the deathless Chinamen said the mad Arab Abdul Alhazred came close.

Walaupun orang Cina yang tidak kenal maut itu berkata orang Arab gila Abdul Alhazred hampir berjaya.

He said that there were double meanings in his
Necronomicon.
Dia berkata terdapat makna berganda dalam
Necronomiconnya.
The initiated were free to read it if they wanted to.
Mereka yang diinisiasi bebas membacanya jika mereka mahu.
And they should pay attention to one couplet in particular.
Dan mereka harus memberi perhatian kepada satu bait
khususnya.
"That which is not dead can sleep for eternity,"
"Apa yang tidak mati boleh tidur untuk selama-lamanya,"
"And with strange eons even death may die."
"Dan dengan eon yang aneh, kematian pun boleh mati."
Legrasse had been deeply impressed by what he heard.
Legrasse sangat kagum dengan apa yang didengarnya.
And he was not a little bewildered by the tale.
Dan dia tidak sedikit pun keliru dengan kisah itu.
He inquired in vain about the historic affiliations of the cult.
Dia bertanya dengan sia-sia tentang gabungan sejarah kultus
itu.
Castro, apparently, had told the truth about the oath of
secrecy.
Castro, nampaknya, telah memberitahu perkara yang benar
tentang sumpah kerahsiaan itu.
The authorities at Tulane University could not offer much
help either.
Pihak berkuasa di Universiti Tulane juga tidak dapat
menawarkan banyak bantuan.
The were not able to shed no light upon neither cult, nor the
image.
Mereka tidak dapat menjelaskan apa-apa tentang kultus
mahupun patung itu.
And now the detective had come to the highest authorities in
the country.
Dan kini detektif itu telah datang kepada pihak berkuasa
tertinggi di negara ini.

And he heard none other than Professor Webb' tale in Greenland.

Dan dia hanya mendengar kisah Profesor Webb di Greenland.

***

Legrasse's tale aroused feverish interest at the meeting.

Kisah Legrasse membangkitkan minat yang mendalam dalam mesyuarat itu.

The story was not only significant in its implications.

Cerita itu bukan sahaja penting dari segi implikasinya.

But the story was also corroborated by the statuette.

Tetapi cerita itu juga disokong oleh patung kecil itu.

The excitement echoed in the subsequent correspondence.

Kegembiraan itu bergema dalam surat-menyurat berikutnya.

Those who attended stayed in close contact with each other.

Mereka yang hadir kekal berhubung rapat antara satu sama lain.

Although scant mention occurs in the formal publications.

Walaupun sebutan yang jarang berlaku dalam penerbitan formal.

Caution is the first care of those accustomed to charlatanry.

Berhati-hati adalah langkah pertama yang perlu diambil oleh mereka yang sudah biasa dengan penipuan.

Impostures are kept out as much as it is possible.

Penipuan dijauhkan seboleh mungkin.

Legrasse for some time lent the image to Professor Webb.

Legrasse untuk beberapa waktu meminjamkan imej itu kepada Profesor Webb.

But at the latter's death the image was returned to him.

Tetapi setelah kematiannya, patung itu dikembalikan kepadanya.

And the image remains in Legrasse's possession.

Dan imej itu kekal dalam simpanan Legrasse.

This is where I viewed the terrible image not long ago.

Di sinilah saya melihat imej yang mengerikan itu tidak lama dahulu.

The image is unmistakably akin to Wilcox' dream-sculpture.
Imej itu tidak dapat disangkal lagi serupa dengan arca impian Wilcox.
It was no wonder my uncle was so excited by his tale.
Tidak hairanlah pak cik saya begitu teruja dengan kisahnya.
And I'm not surprised he made the efforts he made.
Dan saya tidak terkejut dia telah melakukan usaha yang dilakukannya.
He had heard everything Legrasse knew of the cult.
Dia telah mendengar semua yang Legrasse tahu tentang kultus itu.
And the strange cultish dreams of a sensitive young man.
Dan mimpi-mimpi pelik berbaur budaya tentang seorang pemuda yang sensitif.
The bas-relief just like the one from the swamp.
Ukiran relief itu sama seperti yang dari paya.
The addition of the devil tablet in Greenland.
Penambahan tablet syaitan di Greenland.
The exact same words used in three remote occurrences.
Perkataan yang sama yang digunakan dalam tiga kejadian jarak jauh.
The Eskimo diabolists, the mongrels in Louisiana, and then Wilcox.
Golongan Eskimo yang berdosa, golongan kacukan di Louisiana, dan kemudian Wilcox.
What other conclusion could one possibly have come to?
Apakah kesimpulan lain yang mungkin telah dibuat oleh seseorang itu?
It's only natural Professor Angel pursued this conclusion.
Sememangnya Profesor Angel membuat kesimpulan ini.
And I wouldn't have expected him to be less thorough.
Dan saya tidak sangka dia akan kurang teliti.
My great-uncle was a man of principled academic rigor.
Moyang lelaki saya merupakan seorang yang berprinsip dan tegas dalam bidang akademik.
Though privately I also had other plausible theories.

Walaupun secara peribadi saya juga mempunyai teori lain yang munasabah.

I suspected young Wilcox of having heard of the cult.

Saya mengesyaki Wilcox muda pernah mendengar tentang kultus itu.

Maybe he had heard of the cult in some indirect way.

Mungkin dia pernah mendengar tentang kultus itu secara tidak langsung.

He could easily have invented a series of dreams.

Dia boleh sahaja mereka-reka satu siri mimpi.

That way he could heighten and continue the mystery.

Dengan cara itu dia dapat meningkatkan dan meneruskan misteri itu.

The dream-narratives and cuttings collected did of course corroborate.

Naratif mimpi dan keratan yang dikumpulkan sudah tentu menguatkannya.

But the rationalism of my mind had not yet been satisfied.

Tetapi rasionalisme fikiran saya masih belum puas.

Coincidences can form highly believable illusions too.

Kebetulan juga boleh membentuk ilusi yang sangat boleh dipercayai.

And we have to bear in mind the extravagance of the whole subject.

Dan kita perlu ingat betapa borosnya keseluruhan subjek ini.

So I was led to adopt what I thought the most sensible conclusions.

Jadi saya terdorong untuk menerima apa yang saya fikirkan sebagai kesimpulan yang paling masuk akal.

I thoroughly studied the manuscript from the beginning.

Saya mengkaji manuskrip itu dengan teliti dari awal.

And I correlated the theosophical and anthropological notes.

Dan saya mengaitkan nota teosofi dan antropologi.

I compared the literature with the cult narrative of Legrasse.

Saya membandingkan kesusasteraan dengan naratif kultus Legrasse.

I made a trip to Providence to see the sculptor.

Saya telah pergi ke Providence untuk melihat pengukir itu.
And I intended to give him the rebuke I thought proper.
Dan aku berniat untuk menegurnya dengan cara yang aku fikirkan patut.
There must be consequences, I felt, for the trick he played.
Saya rasa mesti ada akibatnya atas helah yang dia lakukan.
He had boldly imposed himself upon a learned and aged man.
Dia dengan berani telah memaksakan dirinya ke atas seorang lelaki yang terpelajar dan lanjut usia.

***

Wilcox still lived alone where my uncle had met him.
Wilcox masih tinggal bersendirian di tempat pak cik saya bertemu dengannya.
In the Fleur-de-Lys Building in Thomas Street.
Di Bangunan Fleur-de-Lys di Jalan Thomas.
A hideous Victorian imitation of Seventeenth Century Breton architecture.
Satu tiruan seni bina Breton Abad Ketujuh Belas zaman Victoria yang mengerikan.
The building flaunted its stuccoed front amidst its surroundings.
Bangunan itu mempamerkan bahagian hadapannya yang bercorak stuko di tengah-tengah persekitarannya.
There were lovely Colonial houses on the ancient hill.
Terdapat rumah-rumah Kolonial yang indah di atas bukit purba.
And the house stood under the shadow of the finest Georgian steeple in America.
Dan rumah itu berdiri di bawah bayang-bayang menara gereja Georgia terbaik di Amerika.
I found him at work in his rooms, among his sculptures.
Saya menjumpainya sedang bekerja di biliknya, di antara arca-arcanya.
The specimens scattered came from a very unique mind.

Spesimen yang berselerak datangnya daripada minda yang
sangat unik.

**At once I conceded that his genius is indeed profound and
authentic.**

Serta-merta saya mengakui bahawa kegeniusannya
sememangnya mendalam dan tulen.

**He has crystallized in clay that which Arthur Machen evokes
in prose.**

Dia telah menghablur dalam tanah liat apa yang dibangkitkan
oleh Arthur Machen dalam prosa.

**He mirrored in marble the nightmares Clark Ashton Smith
put to canvas.**

Dia mencerminkan mimpi ngeri yang dilukis oleh Clark
Ashton Smith di atas kanvas dengan marmar.

**He will, I believe, be spoken of one day as one of the great
decadents.**

Saya percaya, dia akan disebut-sebut suatu hari nanti sebagai
salah seorang dekaden terhebat.

He was dark, frail, and somewhat unkempt in aspect.

Dia berkulit gelap, lemah, dan agak tidak terurus.

He turned languidly at my knock on his door.

Dia berpaling dengan malas apabila aku mengetuk pintu
rumahnya.

He didn't rise from his seat when I came in.

Dia tidak bangun dari tempat duduknya semasa saya masuk.

And he asked me what the purpose of my visit was.

Dan dia bertanya kepada saya apa tujuan lawatan saya.

When I told him who I was his interest was piqued.

Apabila saya memberitahunya siapa saya, minatnya terus
meningkat.

**My uncle had excited his curiosity by probing his strange
dreams.**

Pak cik saya telah membangkitkan rasa ingin tahunya dengan
menyelidiki mimpi-mimpi peliknya.

Although he had never explained the reason for the study.

Walaupun dia tidak pernah menjelaskan sebab kajian itu.

I did not enlarge his knowledge in this regard.

Saya tidak meluaskan pengetahuannya dalam hal ini.

But I sought with some subtlety to gain his confidence.

Tetapi saya berusaha dengan sedikit halus untuk mendapatkan keyakinannya.

In a short time I became convinced of his absolute sincerity.

Dalam masa yang singkat saya yakin dengan keikhlasannya yang mutlak.

He spoke of the dreams in a manner none could mistake.

Dia menceritakan tentang mimpi-mimpi itu dengan cara yang tidak dapat disangkal oleh sesiapa pun.

His dreams' subconscious residuum had influenced his art profoundly.

Sisa-sisa bawah sedar impiannya telah mempengaruhi seninya secara mendalam.

He showed me a morbid statue of the likes I had never seen before.

Dia menunjukkan kepada saya sebuah patung mengerikan yang belum pernah saya lihat sebelum ini.

The statue's contours almost made me shake with fear.

Kontur patung itu hampir membuatkan saya menggigil ketakutan.

The potency of the statue's black suggestion was overbearing.

Kekuatan bayangan hitam patung itu terlalu kuat.

He could not recall having seen the original of this thing.

Dia tidak ingat pernah melihat yang asal bagi benda ini.

But the statue was inspired by his own dream bas-relief.

Tetapi patung itu diilhamkan oleh ukiran timbul impiannya sendiri.

The outlines had formed themselves insensibly under his hands.

Garis-garis besar itu telah terbentuk dengan sendirinya tanpa terasa di bawah tangannya.

It was, no doubt, the giant shape he had raved of in delirium.

Tidak syak lagi, ia adalah bentuk gergasi yang dipujinya semasa mengigau.

That he really knew nothing of the hidden cult he soon made clear.

Bahawa dia benar-benar tidak tahu apa-apa tentang kultus tersembunyi itu tidak lama kemudian dia menjelaskannya.

Only my uncle's relentless catechism had given him some clues.

Hanya katekismus tanpa henti bapa saudara saya telah memberinya beberapa petunjuk,

And again I strove to explain the obvious conclusions away.

Dan sekali lagi saya berusaha untuk menjelaskan kesimpulan yang jelas itu.

How he could possibly have received the weird impressions?

Macam mana dia boleh menerima tanggapan pelik itu?

He talked of his dreams in a strangely poetic fashion.

Dia menceritakan mimpinya dengan cara yang puitis dan aneh.

He made me see with terrible vividness the vistas of his dream.

Dia membuatkan saya melihat pemandangan mimpinya dengan jelas sekali.

The damp Cyclopean city of slimy green stone.

Bandar Cyclope yang lembap dan diperbuat daripada batu hijau berlendir.

The geometry he oddly said, was all wrong.

Geometri yang anehnya dikatakannya, semuanya salah.

And he spoke of what he heard with frightened expectancy.

Dan dia menceritakan apa yang didengarnya dengan penuh harapan yang ketakutan.

The ceaseless, half-mental calling from underground:

Panggilan tanpa henti, separuh mental dari bawah tanah:

"Cthulhu fhtagn... Cthulhu fhtagn"

"Cthulhu fhtagn... Cthulhu fhtagn"

These words had formed part of that dreaded ritual.

Kata-kata ini telah menjadi sebahagian daripada ritual yang digeruni itu.

The ritual the told of dead Cthulhu's dream-vigil.

Ritual itu menceritakan tentang berjaga mimpi Cthulhu yang telah mati.

The ritual that told of his stone vault at R'lyeh.

Ritual yang menceritakan tentang peti besi batunya di R'lyeh.

And I felt deeply moved, despite my rational beliefs.

Dan saya berasa amat tersentuh, meskipun kepercayaan saya yang rasional.

Wilcox, I was sure, had heard of the cult in some casual way.

Saya pasti, Wilcox pernah mendengar tentang kultus itu secara sambil lewa.

He spent his time in a mass of equally weird literature.

Dia menghabiskan masanya dalam himpunan karya sastera yang sama peliknya.

He must have forgotten the source of his knowledge.

Dia pasti terlupa sumber ilmunya.

Later the cult had found subconscious expression in his dreams.

Kemudian, kultus itu telah menemui ekspresi bawah sedar dalam mimpinya.

But this is natural when stories are so impressive.

Tetapi ini adalah perkara biasa apabila cerita-ceritanya begitu mengagumkan.

Finally the cult's ideas manifested themselves in the bas-relief.

Akhirnya idea-idea kultus itu menjelma dalam bentuk relief.

And now the subject of the cult manifested itself in the terrible statue.

Dan kini subjek kultus itu muncul dalam patung yang mengerikan itu.

I was convinced his imposture upon my uncle had been very innocent.

Saya yakin penipuannya terhadap pak cik saya adalah sangat tidak bersalah.

He both slightly affected, and slightly ill-mannered.

Dia agak terkesan, dan juga sedikit tidak sopan.

He had a disposition which I could never like.

Dia mempunyai perangai yang saya tidak pernah sukai.

But I was willing enough now to admit his genius.
Tetapi saya cukup sanggup sekarang untuk mengakui
kehebatannya.
And I have no way of denying his honesty either.
Dan saya juga tidak dapat menafikan kejujurannya.
Despite my initial feelings, I took leave of him amicably.
Walaupun pada mulanya saya berasa bersalah, saya tetap
berpisah dengannya secara baik.
And I wish him all the success his talent promises.
Dan saya mendoakan kejayaan yang dijanjikan oleh bakatnya.

***

The matter of the cult continued to fascinate me.
Isu tentang kultus itu terus menarik perhatian saya.
At times I had visions of the personal fame I could attain.
Kadang-kadang saya mempunyai bayangan tentang
kemasyhuran peribadi yang boleh saya capai.
I visited New Orleans and talked with Legrasse.
Saya melawat New Orleans dan bercakap dengan Legrasse.
And I spoke with other policemen of that swamp raid.
Dan saya bercakap dengan anggota polis lain tentang serbuan
di paya itu.
I saw the frightful image with my own eyes.
Saya melihat imej yang menakutkan itu dengan mata kepala
saya sendiri.
**And I even questioned some of the surviving mongrel
prisoners.**
Dan saya juga menyoal siasat beberapa banduan kacukan
yang masih hidup.
Old Castro, unfortunately, had been dead for some years.
Malangnya, Castro tua telah meninggal dunia selama
beberapa tahun.
**What I now heard so graphically at first hand excited me
afresh.**
Apa yang saya dengar dengan begitu jelas pada pandangan
pertama sekali lagi mengujakan saya.

Though it was really no more than a detailed confirmation.

Walaupun ia sebenarnya tidak lebih daripada pengesahan
terperinci.

What they told me I had already read in my uncle's notes.

Apa yang mereka beritahu saya telah saya baca dalam nota
pak cik saya.

I felt sure that I was on the track of a very real secret.

Saya yakin bahawa saya berada di landasan rahsia yang
sangat nyata.

**And I was sure I was going to discover a very ancient
religion.**

Dan saya pasti saya akan menemui agama yang sangat kuno.

The discovery would make me an anthropologist of note.

Penemuan itu akan menjadikan saya seorang ahli antropologi
yang terkenal.

My attitude was still one of absolute rational materialism.

Sikap saya masih materialisme rasional mutlak.

**And I wish my attitude to the subject matter had not
changed.**

Dan saya berharap sikap saya terhadap perkara ini tidak
berubah.

**I discounted with almost inexplicable perversity the
coincidences.**

Saya dengan rasa tidak senang yang hampir tidak dapat
dijelaskan memandang rendah kebetulan-kebetulan itu.

**The dream notes and odd cuttings collected by Professor
Angell.**

Nota mimpi dan keratan ganjil yang dikumpulkan oleh
Profesor Angell.

**One thing I began to doubt was the cause of my uncle's
death.**

Satu perkara yang saya mula ragui ialah punca kematian pak
cik saya.

I began to suspect his death was far from natural.

Saya mula mengesyaki kematiannya jauh daripada semula
jadi.

And I now fear I know my uncle's death was not natural.

Dan sekarang saya takut saya tahu kematian pak cik saya tidak wajar.

It was on a narrow hill street where he fell.

Ia berada di jalan bukit yang sempit di mana dia jatuh.

The street lead up from the ancient waterfront.

Jalan menuju ke atas dari kawasan tepi laut purba.

The port-town swarms with foreign mongrels.

Pekan pelabuhan itu dipenuhi dengan pendatang asing yang bercampur baur.

He fell after a careless push from a negro sailor.

Dia jatuh selepas ditolak cuai oleh seorang kelasi negro.

I had not forgotten the mixed blood of the cult-members in Louisiana.

Saya tidak melupakan darah campuran ahli kultus di Louisiana.

I had not forgotten the sailors in the voodoo orgy.

Aku tidak melupakan para kelasi dalam pesta voodoo itu.

And would not be surprised to learn that they had other knowledge too.

Dan tidak akan terkejut jika mengetahui bahawa mereka juga mempunyai pengetahuan lain.

Secret methods as anciently known as the cryptic rites.

Kaedah rahsia yang dahulunya dikenali sebagai upacara samar.

Poison needles as ruthless their demonic beliefs.

Jarum beracun seperti kejam kepercayaan jahat mereka.

Legrasse and his men, it is true, have been let alone.

Legrasse dan orang-orangnya, memang benar, telah dibiarkan begitu sahaja.

But in Norway a certain seaman who saw things is dead.

Tetapi di Norway seorang pelaut yang melihat sesuatu telah mati.

Might not sinister ears have picked up my uncle's interest in the sculptor?

Bukankah telinga yang jahat telah menarik minat pak cik saya terhadap pengukir itu?

Might not the deeper inquiries of my uncle have drawn someone's attention?

Bukankah pertanyaan yang lebih mendalam daripada pak cik saya telah menarik perhatian seseorang?

I think Professor Angell died because he knew too much.

Saya rasa Profesor Angell mati kerana dia tahu terlalu banyak.

Or he died because he was likely to learn too much.

Atau dia mati kerana dia mungkin belajar terlalu banyak.

Whether I shall go out as he did remains to be seen.

Sama ada saya akan keluar seperti yang dilakukannya masih belum dapat dipastikan.

Because I too have learned much about Cthulhu.

Kerana saya juga telah belajar banyak tentang Cthulhu.

The Madness from the Sea
Kegilaan dari Laut

There is one great boon heaven could grant me.
Ada satu nikmat besar yang dapat diberikan oleh syurga
kepadaku.
The total effacing of the results of a mere chance.
Penghapusan sepenuhnya hasil daripada kebetulan semata-
mata.
I wish I had never seen that stray piece of paper.
Aku harap aku tak pernah nampak kertas yang sesat tu.
My daily routine would normally not have taken me there.
Rutin harian saya biasanya tidak akan membawa saya ke sana.
On any other day I would not have noticed anything.
Pada hari lain saya tidak akan perasan apa-apa.
It was an old number of an Australian journal.
Ia merupakan nombor lama sebuah jurnal Australia.
The Sydney Bulletin for April 18, 1925
Buletin Sydney untuk 18 April 1925
The paper had even slipped past the cutting bureau.
Kertas itu juga telah terlepas melepasi biro pemotong.
I had largely given over my inquiries to a friend.
Saya sebahagian besarnya telah menyerahkan pertanyaan
saya kepada seorang rakan.
He had taken on the work of most of the research.
Dia telah mengambil alih sebahagian besar kerja penyelidikan
itu.
He had come to refer to the group as the "Cthulhu Cult".
Dia telah merujuk kepada kumpulan itu sebagai "Kultus
Cthulhu".
I was visiting my learned friend of Paterson, New Jersey.
Saya sedang melawat rakan saya yang alim dari Paterson,
New Jersey.
The curator of a local museum, and a mineralogist of note.
Kurator sebuah muzium tempatan, dan seorang ahli
mineralogi terkenal.
While at his museum I had access to the reserved specimens.

Semasa di muziumnya, saya mempunyai akses kepada spesimen yang telah ditempah.

And this is when an odd picture caught my attention.

Dan pada ketika inilah satu gambar yang pelik menarik perhatian saya.

Beneath one of the stones was the Sydney Bulletin I mentioned.

Di bawah salah satu batu itu terdapat Buletin Sydney yang saya sebutkan itu.

My friend has wide affiliations in all conceivable foreign lands.

Kawan saya mempunyai hubungan yang luas di semua negara asing yang boleh difikirkan.

The picture was a half-tone cut of a hideous stone image.

Gambar itu merupakan potongan separuh tona daripada imej batu yang mengerikan.

Almost identical with the stone Legrasse had found in the swamp.

Hampir sama dengan batu yang ditemui Legrasse di paya itu.

Eagerly I read the article for its precious contents.

Dengan penuh minat saya membaca artikel itu kerana isinya yang berharga.

But I was disappointed to find that it was just a short article.

Tetapi saya kecewa apabila mendapati ia hanyalah sebuah artikel yang pendek.

Although brief, the information was of portentous significance.

Walaupun ringkas, maklumat itu mempunyai makna yang besar.

"MYSTERY DERELICT FOUND AT SEA"

"MISTERI TERBIAR DIJUMPAI DI LAUT"

Vigilant Arrives With Helpless Armed New Zealand Yacht in Tow.

Seorang Petugas Berjaga-jaga Tiba Dengan Kapal Layar New Zealand Bersenjata Yang Tidak Berdaya.

One Survivor and one Dead Man Found Aboard.

Seorang Mangsa Terselamat dan Seorang Lelaki Mati Ditemui di Atas Kapal.

Tale of Desperate Battle and Deaths at Sea.

Kisah Pertempuran Terdesak dan Kematian di Laut.

Rescued Seaman Refuses Particulars of Strange Experience.

Kelasi yang Diselamatkan Menolak Butiran Pengalaman Pelik.

Odd Idol Found in His Possession, Inquiry to Follow.

Berhala Pelik Ditemui dalam Miliknya, Siasatan Akan Disusuli.

The Alert of Dunedin yacht, N.Z., had been disabled in battle.

Kapal layar Amaran Dunedin, NZ, telah dilumpuhkan dalam pertempuran.

Previously the ship had left from Valparaiso on March 25th.

Sebelum ini kapal itu telah berlepas dari Valparaiso pada 25 Mac.

On April 2nd the ship was driven considerably south of her course.

Pada 2 April, kapal itu telah dihanyutkan jauh ke selatan haluannya.

Exceptionally heavy storms had redirected the ship.

Ribut yang sangat kuat telah mengalihkan hala tuju kapal itu.

Monster waves forced the ship to take a different route.

Ombak raksasa memaksa kapal mengambil laluan yang berbeza.

On April 12th the ship was sighted by another ship.

Pada 12 April, kapal itu telah dilihat oleh sebuah kapal lain.

Latitude 34° 21', Longitude 152° 17'

Latitud 34° 21', Longitud 152° 17'

Initially they thought the ship had been deserted.

Pada mulanya mereka menyangka kapal itu telah ditinggalkan.

But one still living man had been found on board.

Tetapi seorang lelaki yang masih hidup telah ditemui di atas kapal.

This lone survivor was in a half-delirious condition.

Seorang diri yang terselamat ini berada dalam keadaan separuh mengigau.

The only other victim found was a man already dead a week.

Satu-satunya mangsa lain yang ditemui ialah seorang lelaki yang sudah meninggal dunia seminggu.

Now the heavily armed steam yacht was being towed.

Kini kapal layar wap yang bersenjata lengkap itu sedang ditunda.

And this morning the ship was coming in to its wharf.

Dan pagi ini kapal itu hendak sampai ke dermaganya.

The living man was clutching a horrible stone idol.

Lelaki yang masih hidup itu sedang menggenggam sebatang berhala batu yang mengerikan.

The stone idol was about a foot in height.

Berhala batu itu setinggi kira-kira satu kaki.

And the origins of the stone were completely unknown.

Dan asal-usul batu itu tidak diketahui sama sekali.

Authorities at Sydney university were baffled.

Pihak berkuasa di universiti Sydney keliru.

The Royal Society couldn't offer information about the idol.

Persatuan Diraja tidak dapat memberikan maklumat tentang berhala itu.

And the Museum in College street had no insights either.

Dan Muzium di jalan College juga tidak mempunyai maklumat lanjut.

The survivor says he found the stone in the cabin of the yacht.

Mangsa yang terselamat berkata dia menemui batu itu di dalam kabin kapal layar itu.

Allegedly the idol was in a small carved shrine.

Didakwa berhala itu berada di dalam sebuah kuil kecil yang diukir.

And the carvings of the shrine were of common pattern.

Dan ukiran-ukiran di tempat suci itu mempunyai corak yang sama.

This man eventually recovered back to his senses.

Lelaki ini akhirnya kembali sedar.

And he told an exceedingly strange story of piracy and slaughter.

Dan dia menceritakan kisah yang sangat pelik tentang lanun dan pembunuhan beramai-ramai.

He is Gustaf Johansen, a Norwegian of some intelligence.

Dia ialah Gustaf Johansen, seorang warga Norway yang agak bijak.

And he had been second mate of the two-masted schooner Emma of Auckland.

Dan dia pernah menjadi rakan seperjuangan kedua bagi skuner dua tiang Emma dari Auckland.

The ship sailed for Callao February 20th, manned by eleven sailors.

Kapal itu belayar ke Callao pada 20 Februari, diawaki oleh sebelas kelasi.

The ship, he says, was delayed and thrown widely south of her course.

Kapal itu, katanya, telah ditangguhkan dan tercampak jauh ke selatan haluannya.

There was a great storm on March 1st, and on March 22nd.

Terdapat ribut besar pada 1 Mac, dan pada 22 Mac.

On their journey they encountered another ship.

Dalam perjalanan mereka, mereka terjumpa sebuah kapal lain.

This was in S. Latitude 49° 51′, W. Longitude 128° 34′

Ini berada di Latitud S. 49° 51′, Longitud B. 128° 34′

This ship was manned by a queer and evil-looking crew.

Kapal ini diawaki oleh anak kapal yang pelik dan kelihatan jahat.

All the men were of Kanakas and half-castes.

Semua lelaki itu berasal dari Kanaka dan separuh kasta.

Being ordered peremptorily to turn back, Capt. Collins refused.

Setelah diperintahkan untuk berpatah balik, Kapten Collins enggan.

Without warning the strange crew began to shoot savagely upon the schooner.

Tanpa amaran, anak kapal pelik itu mula menembak dengan ganas ke arah skuner itu.

They shot a peculiarly heavy battery of brass cannon.

Mereka menembak bateri meriam tembaga yang sangat berat.

The men from his ship showed fighting spirit, says the survivor.

Orang-orang dari kapalnya menunjukkan semangat juang, kata mangsa yang terselamat.

The schooner began to sink from shots beneath the waterline.

Kapal sekuner itu mula tenggelam akibat tembakan di bawah paras air.

But they managed to heave alongside their enemy boat, and board her.

Tetapi mereka berjaya bersandar di sisi bot musuh mereka, dan menaikinya.

They grappled with the savage crew on the yacht's deck.

Mereka bergelut dengan anak kapal yang ganas di dek kapal layar itu.

Their mode of fighting seemed to be strangely clumsy.

Cara pertarungan mereka kelihatan anehnya kekok.

But defeat did not seem to be an option for these savage men.

Tetapi kekalahan nampaknya bukan pilihan bagi orang-orang biadab ini.

They had a particularly abhorrent and desperate way of fighting.

Mereka mempunyai cara berperang yang sangat menjijikkan dan terdesak.

So they had no choice but to kill all men of the enemy ship.

Jadi mereka tidak mempunyai pilihan selain membunuh semua orang dari kapal musuh.

Three of their men were also killed in the fight.

Tiga orang anak buah mereka juga terbunuh dalam pertempuran itu.

Capt. Collins and First Mate Green were among the dead.

Kapten Collins dan First Mate Green adalah antara yang terkorban.

Second Mate Johansen took over control from First Mate Green.

Pasangan Kedua Johansen mengambil alih kawalan daripada Pasangan Pertama Green.

And the remaining eight men proceeded to navigate the captured yacht.

Dan lapan lelaki yang tinggal terus mengemudi kapal layar yang ditawan itu.

They proceeded to continue in the original direction they were going.

Mereka terus berjalan ke arah asal yang mereka tuju.

To see if there had been any reason they were ordered to turn around.

Untuk melihat sama ada terdapat sebarang sebab mereka diperintahkan untuk berpatah balik.

***

The next day, it appears, they landed on a small island.

Keesokan harinya, nampaknya, mereka mendarat di sebuah pulau kecil.

Although no island is known to exist in that part of the ocean.

Walaupun tiada pulau yang diketahui wujud di bahagian lautan itu.

Six of the men somehow died ashore while on the island.

Enam daripada lelaki itu entah bagaimana meninggal dunia di darat semasa berada di pulau itu.

Though Johansen is queerly reticent about this part of his story.

Walaupun Johansen agak pendiam tentang bahagian cerita ini.

And he speaks only of their falling into a rock chasm.

Dan dia hanya bercakap tentang mereka jatuh ke dalam jurang batu.

Later, it seems, he and one companion boarded the yacht.

Kemudian, nampaknya, dia dan seorang temannya menaiki kapal layar itu.

Together they tried to sail the ship, undermanned.

Bersama-sama mereka cuba belayar di atas kapal, walaupun kekurangan pemandu.

But they were beaten about by the storm of April 2nd.

Tetapi mereka telah dikalahkan oleh ribut pada 2 April.

From that time till his rescue on the 12th, the man remembers little.

Dari masa itu sehingga dia diselamatkan pada 12hb, lelaki itu tidak banyak mengingati apa-apa.

And he does not even recall when William Briden, his companion, died.

Dan dia pun tidak ingat bila William Briden, temannya, meninggal dunia.

Autopsy could reveal no obvious cause to Briden's death.

Bedah siasat tidak dapat mendedahkan punca kematian Briden.

The most likely cause of death is exposure to the elements.

Punca kematian yang paling mungkin adalah pendedahan kepada unsur-unsur alam.

The Dunedin reported that their boat, the Alert, was well known.

Kapal Dunedin melaporkan bahawa bot mereka, Alert, terkenal.

The island traders bore an evil reputation along the waterfront.

Pedagang-pedagang pulau itu mempunyai reputasi buruk di sepanjang tepi laut.

The ship was owned by a curious group of half-castes.

Kapal itu dimiliki oleh sekumpulan separuh kasta yang ingin tahu.

Frequent meetings and night trips to the woods attracted curiosity.

Pertemuan yang kerap dan lawatan malam ke hutan menarik minat rasa ingin tahu.

The ship had set sail in great haste on March 1st.

Kapal itu telah belayar dengan tergesa-gesa pada 1 Mac.

Just after the storm, and the earth tremors that night.

Sejurus selepas ribut, dan bumi bergegar malam itu.

Our Auckland correspondent gives the Emma excellent reputation.

Wartawan Auckland kami memberikan Emma reputasi yang sangat baik.

The Crew from the Emma were held very in high regard.

Kru dari Emma sangat dihormati.

And Johansen is described as a sober and worthy man.

Dan Johansen digambarkan sebagai seorang lelaki yang waras dan bermaruah.

The admiralty will institute an inquiry on the whole matter.

Pihak admiralti akan memulakan siasatan mengenai keseluruhan perkara ini.

Starting tomorrow they will collect all relevant information.

Bermula esok mereka akan mengumpulkan semua maklumat yang berkaitan.

Every effort will be made to induce Johansen to speak.

Segala usaha akan dilakukan untuk mendorong Johansen bersuara.

This and the hellish image were all the information I had to go on.

Ini dan imej jahat itu adalah semua maklumat yang saya perlu sambungkan.

But what a train of ideas that little information started in my mind!

Tetapi betapa banyaknya idea yang tercetus sehingga sedikit maklumat yang tercetus dalam fikiran saya!

Here were new treasuries of data on the Cthulhu Cult.

Berikut adalah perbendaharaan data baharu mengenai Kultus Cthulhu.

The cult not only had interests on land.

Kultus itu bukan sahaja mempunyai kepentingan di darat.

Now there was evidence they also had connections to the sea.

Kini terdapat bukti bahawa mereka juga mempunyai kaitan dengan laut.

What motive prompted the hybrid crew to order back the Emma?

Apakah motif yang mendorong kru hibrid untuk menempah semula Emma?

Why did they sail about with their hideous idol?

Mengapa mereka belayar bersama berhala mereka yang keji itu?

What was the unknown island on which six of the Emma's crew had died?

Apakah pulau yang tidak diketahui di mana enam anak kapal Emma telah terkorban?

And why was Johansen so secretive about their death?

Dan mengapakah Johansen begitu merahsiakan tentang kematian mereka?

What had the vice-admiralty's investigation brought out?

Apakah yang telah dibuktikan oleh siasatan madya laksamana?

And what was known of the noxious cult in Dunedin?

Dan apakah yang diketahui tentang kultus berbahaya di Dunedin?

Nor could one help but marvel at the timing of the events.

Seseorang juga tidak dapat tidak kagum dengan pengaturan masa peristiwa itu.

There was a deep and more than natural linkage between the dates.

Terdapat perkaitan yang mendalam dan lebih daripada semula jadi antara tarikh-tarikh tersebut.

A malign and now undeniable significance to the various turns of events.

Satu kepentingan yang jahat dan kini tidak dapat dinafikan kepada pelbagai peristiwa.

***

My uncle had noted with great care the connecting events.

Pak cik saya telah mencatat dengan teliti peristiwa-peristiwa yang berkaitan.

On March 1st the earthquake and storm had come.

Pada 1 Mac, gempa bumi dan ribut telah melanda.

February 28th, according to the International Date Line.

28 Februari, mengikut Garisan Tarikh Antarabangsa.

From Dunedin the noisome crew of the Alert darted eagerly forth.

Dari Dunedin, kru Alert yang bising meluru keluar dengan penuh semangat.

They moved as if they had been imperiously summoned.

Mereka bergerak seolah-olah mereka telah dipanggil dengan penuh hormat.

On the other side of the earth the other events unfolded.

Di seberang bumi, peristiwa-peristiwa lain berlaku.

Poets and artists had begun to have their strange dreams.

Para penyair dan seniman telah mula bermimpi aneh mereka.

Dreams of a dank Cyclopean city from times long gone.

Impian sebuah bandar Cyclope yang lembap dari zaman dahulu kala.

A young sculptor was persuaded by these dreams too.

Seorang pengukir muda juga terpujuk oleh mimpi-mimpi ini.

In his sleep he molded the form of the dreaded Cthulhu.

Dalam tidurnya dia membentuk rupa Cthulhu yang digeruni.

On March 23rd the crew of the Emma landed on an unknown island.

Pada 23 Mac, anak kapal Emma mendarat di sebuah pulau yang tidak diketahui.

There on that island they left six men dead.

Di pulau itu mereka meninggalkan enam orang mati.

On that date the dreams of sensitive men assumed a heightened vividness.

Pada tarikh itu, mimpi lelaki yang sensitif menjadi semakin jelas.

Their dreams darkened with dread of a giant monster's malign pursuit.

Mimpi mereka menjadi gelap kerana ketakutan akan pengejaran jahat raksasa gergasi.

One architect went mad from his dreams that night.

Seorang arkitek menjadi gila akibat mimpinya malam itu.

And a sculptor had lapsed suddenly into delirium!

Dan seorang pengukir tiba-tiba terjerumus ke dalam kegilaan!

And then there was the storm of April 2nd.

Dan kemudian berlaku ribut pada 2 April.

The date on which all dreams of the dank city ceased.

Tarikh di mana semua impian tentang kota yang lembap itu berakhir.

Wilcox emerged unharmed from the bondage of strange fever.

Wilcox muncul tanpa cedera daripada belenggu demam aneh.

And everything appeared to be normal again.

Dan semuanya kelihatan normal semula.

But what about the hints old Castro had suggested?

Tetapi bagaimana pula dengan petunjuk yang dicadangkan oleh Castro tua itu?

What about the sunken, star-born old ones?

Bagaimana pula dengan yang tua yang tenggelam dan lahir di bintang?

What about their promised return and coming reign?

Bagaimana pula dengan kepulangan mereka yang dijanjikan dan pemerintahan yang akan datang?

What about their faithful cult and their mastery of dreams?

Bagaimana pula dengan kultus setia mereka dan penguasaan impian mereka?

Was I tottering on the brink of cosmic horrors?

Adakah saya terhuyung-hayang di ambang kengerian kosmik?

Cosmic horrors far beyond man's power to bear?

Kengerian kosmik yang jauh di luar kuasa manusia untuk tanggung?

If so, they must be horrors of the mind alone.

Jika ya, itu mestilah kengerian minda sahaja.

On the second of April there was sudden coordinated calm.

Pada hari kedua April, tiba-tiba suasana menjadi tenang dan terkoordinasi.

The monstrous menace that sieged mankind's soul had vanished.

Ancaman dahsyat yang mengepung jiwa manusia telah lenyap.

That evening I made all necessary arrangements for onwards travel.

Petang itu saya telah membuat semua persiapan yang diperlukan untuk perjalanan seterusnya.

I bade my host adieu and took a train for San Francisco.

Saya mengucapkan selamat tinggal kepada tuan rumah saya dan menaiki kereta api ke San Francisco.

***

In less than a month I was at the port of Dunedin.

Dalam masa kurang sebulan saya berada di pelabuhan Dunedin.

Here, however, my investigation stumbled slightly.

Walau bagaimanapun, di sini, siasatan saya sedikit tersandung.

I inquired in the old sea taverns where the men had lingered.

Aku bertanya di kedai minuman laut lama di mana lelaki-lelaki itu berlama-lama.

But little was known of the strange cult members.

Tetapi sedikit yang diketahui tentang ahli kultus yang pelik itu.

Waterfront scum was far too common for special mention.

Buih tepi laut terlalu biasa untuk disebut secara khusus.

But there was vague talk about one inland trip these mongrels had made.

Tetapi terdapat perbincangan samar-samar tentang satu perjalanan pedalaman yang telah dilakukan oleh kaum kacukan ini.

Faint drumming and red flames were noted on the distant hills.

Bunyi gendang yang samar-samar dan nyalaan api merah kedengaran di bukit-bukau yang jauh.

In Auckland I learned only a little more of Johansen.

Di Auckland saya hanya belajar sedikit lagi tentang Johansen.

He had been taken to Sydney for the investigation.

Dia telah dibawa ke Sydney untuk siasatan.

A perfunctory and inconclusive questioning turned his hair white.

Satu soalan yang sambil lewa dan tidak muktamad telah memutih rambutnya.

Thereafter he sold his cottage in West Street.

Selepas itu dia menjual pondoknya di West Street.

And he sailed with his wife to his old home in Oslo.

Dan dia belayar bersama isterinya ke rumah lamanya di Oslo.

His experience had clearly stirred him deeply.

Pengalamannya jelas telah menyentuh hatinya secara mendalam.

But he told his friends no more than he had told the admiralty officials.

Tetapi dia tidak memberitahu rakan-rakannya lebih daripada yang dia katakan kepada pegawai laksamana.

And all they could do was to give me his Oslo address.

Dan apa yang mereka mampu lakukan hanyalah memberikan alamat Oslonya kepada saya.

After that I went to Sydney and talked profitlessly with seamen.

Selepas itu saya pergi ke Sydney dan berbual tanpa untung dengan kelasi.

Members of the vice-admiralty court could not enlighten me either.

Ahli-ahli mahkamah madya laksamana juga tidak dapat memberi saya penjelasan.

I tracked the Alert down to Circular Quay in Sydney Cove.

Saya mengesan Amaran sehingga ke Circular Quay di Sydney Cove.

The ship had been sold and was again in commercial use.
Kapal itu telah dijual dan digunakan semula untuk tujuan
komersial.
But I could gain no further clues from the ship's cargo.
Tetapi saya tidak dapat memperoleh petunjuk lanjut daripada
kargo kapal itu.
The image was preserved in the Museum at Hyde Park.
Imej itu disimpan di Muzium di Hyde Park.
The cuttlefish head, dragon body, and scaly wings.
Kepala sotong, badan naga, dan sayap bersisik.
The monster crouching atop the hieroglyphed pedestal.
Raksasa itu mencangkung di atas alas hieroglif.
I studied every detail of the idol long and well.
Saya mengkaji setiap perincian berhala itu dengan teliti dan
teliti.
The relic was a thing of balefully exquisite workmanship.
Peninggalan itu merupakan sesuatu yang mempunyai mutu
kerja yang sangat indah.
**I couldn't help but notice the similarity to Legrasse's smaller
specimen.**
Saya tidak dapat menahan diri daripada perasan
persamaannya dengan spesimen Legrasse yang lebih kecil.
Both idols had the same utter mystery and terrible antiquity.
Kedua-dua berhala itu mempunyai misteri yang sama dan
zaman dahulu yang mengerikan.
**And both idols had the same unearthly strangeness of
material.**
Dan kedua-dua berhala itu mempunyai keanehan bahan yang
sama luar biasa.
**Geologists, the curator told me, had found it a monstrous
puzzle.**
Ahli geologi, kurator itu memberitahu saya, mendapati ia satu
teka-teki yang besar.
They insisted that the world held no rock like this one.
Mereka menegaskan bahawa dunia tidak mempunyai batu
seperti ini.

Then I thought with a shudder of what old Castro had told Legrasse.

Kemudian aku terfikir dengan gementar apa yang Castro tua beritahu Legrasse.

The tale of the primal great ones, sunken under the sea.

Kisah orang-orang agung purba, tenggelam di bawah laut.

"They had come from the stars."

"Mereka datang dari bintang-bintang."

"They had brought their images with them."

"Mereka telah membawa gambar-gambar mereka bersama mereka."

I was shaken with a mental revolution as I had never before known.

Saya digegarkan dengan revolusi mental yang belum pernah saya alami sebelum ini.

I was now completely resolved to visit Mate Johansen in Oslo.

Saya kini bertekad sepenuhnya untuk melawat Mate Johansen di Oslo.

Sailing for London, I re-embarked at once for the Norwegian capital.

Berlayar ke London, saya segera menaiki kapal semula ke ibu kota Norway.

And one autumn day I landed at the wharves.

Dan pada suatu hari musim luruh saya mendarat di dermaga.

***

Johansen's hometown was in the shadow of the Egeberg.

Kampung halaman Johansen berada di bawah naungan Egeberg.

I discovered he lived in the Old Town of King Harold Haardrada.

Saya dapati dia tinggal di Bandar Lama Raja Harold Haardrada.

For centuries the greater city had masqueraded as "Christiania".

Selama berabad-abad, bandar yang lebih besar itu telah menyamar sebagai "Christiania".

King Harald Hardrada kept alive the name of Oslo.

Raja Harald Hardrada mengekalkan nama Oslo.

I made the brief trip to his residences by taxicab.

Saya membuat perjalanan singkat ke kediamannya dengan menaiki teksi.

A neat and ancient building with plastered front.

Sebuah bangunan yang kemas dan kuno dengan bahagian hadapan yang diplaster.

And I knocked with palpitant heart at the door.

Dan aku mengetuk pintu dengan hati yang berdebar-debar.

A sad-faced woman in black answered my summons.

Seorang wanita berwajah sedih berpakaian hitam menjawab panggilan saya.

I was stung with disappointment at the sight.

Saya diselubungi rasa kecewa melihat pemandangan itu.

She told me in halting English that Gustaf Johansen was no more.

Dia memberitahu saya dalam bahasa Inggeris yang tergagap-gagap bahawa Gustaf Johansen sudah tiada.

He had not long survived his return, said his wife.

Dia tidak lama terselamat daripada kepulangannya, kata isterinya.

The doings at sea in 1925 had broken him.

Perbuatan di laut pada tahun 1925 telah menghancurkannya.

He had told her no more than he had told the public.

Dia tidak memberitahunya lebih daripada yang dia katakan kepada orang ramai.

But he had left a long manuscript of "technical matters".

Tetapi dia telah meninggalkan manuskrip panjang tentang "perkara teknikal".

These notes of the voyage had been written in English.

Nota-nota pelayaran ini telah ditulis dalam bahasa Inggeris.

Evidently in order to safeguard her from the peril of casual perusal.

Jelas sekali untuk melindunginya daripada bahaya pemerhatian sambil lewa.

He had gone for a walk through a narrow lane near the Gothenburg dock.

Dia telah berjalan-jalan melalui lorong sempit berhampiran dermaga Gothenburg.

A bundle of papers falling from an attic window had knocked him down.

Segugusan kertas yang jatuh dari tingkap loteng telah menjatuhkannya.

Two Lascar sailors at once helped him to his feet.

Dua orang kelasi Lascar serta-merta membantunya berdiri.

But before the ambulance could reach him he was dead.

Tetapi sebelum ambulans sempat sampai kepadanya, dia telah meninggal dunia.

The physicians found no adequate cause for his death.

Para doktor tidak menemui sebab yang mencukupi untuk kematiannya.

They mostly attributed his death to heart trouble.

Mereka kebanyakannya mengaitkan kematiannya dengan masalah jantung.

But they added his weakened constitution most likely contributed.

Tetapi mereka menambah perlembagaannya yang lemah kemungkinan besar menjadi penyumbangnya.

I now felt a deep gnawing at my vitals.

Saya kini merasakan tekanan yang mendalam pada organ vital saya.

A dark terror which will never leave me till I, too, am at rest.

Keganasan gelap yang tidak akan pernah meninggalkanku sehingga aku juga tenang.

Whether my death will come "accidentally" or not I can't tell.

Sama ada kematian saya akan datang "secara tidak sengaja" atau tidak, saya tidak dapat memastikan.

I spoke to the widow about her husband's work.

Saya bercakap dengan balu itu tentang kerja suaminya.

And I persuaded her I had a "technical" connection to him.

Dan saya memujuknya bahawa saya mempunyai hubungan "teknikal" dengannya.

So she felt I was sufficiently entitled to the manuscript.

Jadi dia merasakan saya cukup berhak atas manuskrip itu.

And so I attained the dead man's writing.

Dan begitulah aku mencapai tulisan orang mati itu.

I began to read the documents on the boat to London.

Saya mula membaca dokumen-dokumen di atas bot ke London.

They were little more than simple, rambling notes.

Ia hanyalah nota ringkas yang bertele-tele.

A naive sailor's effort at a post-facto diary.

Usaha seorang pelaut yang naif dalam menulis diari pasca-facto.

He strove to recall that last awful voyage day by day.

Dia berusaha untuk mengingati pelayaran terakhir yang mengerikan itu hari demi hari.

I cannot attempt to transcribe his notes verbatim.

Saya tidak boleh cuba menyalin nota-notanya secara verbatim.

The manuscript is clouded with vagueness and redundance.

Manuskrip itu diliputi dengan kekaburan dan redundansi.

But I will tell the gist of what he wrote.

Tapi saya akan ceritakan inti pati apa yang dia tulis.

Perhaps then you will understand why I stuffed my ears with cotton.

Mungkin dengan itu kamu akan faham mengapa aku menyumbat telingaku dengan kapas.

The sound of the water against the vessel's sides became unendurable.

Bunyi air yang mengenai sisi kapal menjadi tidak tertahankan.

***

Johansen, thank God, did not quite know what he had seen.

Johansen, syukur kepada Tuhan, tidak begitu tahu apa yang telah dilihatnya.

But it is evident he had seen the city and the Thing.

Tetapi jelaslah dia telah melihat bandar dan Benda itu.

I shall never sleep calmly again when I think of the horrors.

Aku tidak akan dapat tidur dengan tenang lagi apabila teringatkan kejadian yang mengerikan itu.

The horrors that lurk ceaselessly behind life in time and space.

Kengerian yang mengintai tanpa henti di sebalik kehidupan dalam ruang dan waktu.

Those unhallowed blasphemies that come from elder stars.

Kata-kata kesat yang datang dari bintang-bintang yang lebih tua.

Dreamers beneath the sea known only by a nightmare cult.

Pemimpi di bawah laut yang hanya dikenali oleh kultus mimpi ngeri.

A cult ready and eager to release these monsters into the world.

Sebuah kultus yang bersedia dan bersemangat untuk melepaskan raksasa-raksasa ini ke dunia.

Whenever another earthquake raises their monstrous stone city again.

Setiap kali gempa bumi lain membangkitkan semula kota batu raksasa mereka.

When Cthulhu is under the light of the sun once more.

Apabila Cthulhu berada di bawah cahaya matahari sekali lagi.

Johansen's voyage had begun just as he told it to the vice-admiralty.

Pelayaran Johansen telah bermula seperti yang diceritakannya kepada madya laksamana.

The Emma, in ballast, had cleared Auckland on February 20th.

Kapal Emma, yang sedang dalam pemberat, telah keluar dari Auckland pada 20 Februari.

The ship had felt the full force of that earthquake-born tempest.

Kapal itu telah merasakan sepenuhnya kekuatan ribut taufan yang disebabkan oleh gempa bumi itu.

The horrors from the sea-bottom that filled men's dreams.

Kengerian dari dasar laut yang memenuhi mimpi manusia.

Once under control again the ship was making good progress.

Setelah terkawal sekali lagi, kapal itu menunjukkan kemajuan yang baik.

But then the ship was held up by the Alert on March 22nd.

Tetapi kemudian kapal itu ditahan oleh Amaran pada 22 Mac.

I could feel the mate's regret as he wrote of her bombardment and sinking.

Saya dapat merasakan kesal rakannya ketika dia menulis tentang pengeboman dan karamnya.

Of the swarthy cult-fiends on the other boat he speaks with horror.

Dia bercakap dengan ngeri tentang syaitan-syaitan kultus yang berkulit gelap di bot yang satu lagi.

There was some peculiarly abominable quality about them.

Terdapat beberapa sifat yang sangat menjijikkan tentang mereka.

Something made their destruction seem almost a duty.

Sesuatu yang menjadikan kemusnahan mereka seolah-olah satu kewajipan.

This point was brought up during the proceedings of the court of inquiry.

Perkara ini telah dibangkitkan semasa prosiding siasatan mahkamah.

Johansen shows ingenuous wonder at the accusation of ruthlessness.

Johansen menunjukkan rasa kagum yang tulus terhadap tuduhan kekejaman itu.

Curiosity is what drove the men on in their captured yacht.

Rasa ingin tahu itulah yang mendorong orang-orang itu terus menaiki kapal layar mereka yang ditawan.

Sticking out of the sea the men sighted a great stone pillar.

Menjulur keluar dari laut, orang-orang itu ternampak sebuah tiang batu yang besar.

In South Latitude 47° 9', West Longitude 126° 43' they come upon a coastline.

Di Latitud Selatan 47° 9', Longitud Barat 126° 43' mereka tiba di sebuah garis pantai.

The coastline was of mingled mud, ooze, and weedy Cyclopean masonry.

Garis pantai itu terdiri daripada campuran lumpur, lendir, dan batu-bata Cyclopean yang berlumpur.

Nothing less than the tangible substance of earth's supreme terror.

Tidak kurang daripada zat ketara keganasan tertinggi bumi.

They had come across the nightmare corpse-city of R'lyeh.

Mereka telah menemui kota mayat R'lyeh yang penuh dengan mimpi ngeri.

A city built in measureless eons behind history.

Sebuah bandar yang dibina dalam zaman yang tidak terukur di sebalik sejarah.

Monuments to vast loathsome shapes that seeped down from the dark stars.

Monumen-monumen kepada bentuk-bentuk besar dan menjijikkan yang meresap turun dari bintang-bintang gelap.

There lay great Cthulhu and his hordes for incalculable cycles.

Di sana terbaring Cthulhu yang hebat dan gerombolannya untuk kitaran yang tidak terkira.

Hidden in green slimy vaults, they sent out their thoughts.

Tersembunyi di dalam peti besi hijau berlendir, mereka meluahkan fikiran mereka.

The thoughts that spread fear to the dreams of the sensitive.

Fikiran yang menyebarkan ketakutan kepada mimpi orang yang sensitif.

The thoughts that called imperiously to the faithful.

Pemikiran yang dengan angkuhnya memanggil orang-orang yang beriman.

"Come on a pilgrimage of liberation and restoration."

"Marilah ziarah pembebasan dan pemulihan."

All this horror Johansen had no way of suspecting.

Semua kengerian ini tidak dapat disyaki oleh Johansen.

But God knows he had soon seen enough!

Tetapi Tuhan tahu dia sudah lama melihat cukup!

I suppose what they saw was only a single mountain-top.

Saya rasa apa yang mereka lihat hanyalah setinggi sebuah puncak gunung.

Soon the rest of the city emerged from the waters.

Tidak lama kemudian, seluruh bandar muncul dari perairan.

The hideous monolith-crowned citadel where great Cthulhu was buried.

Benteng bermahkota monolit yang mengerikan di mana Cthulhu yang hebat dikebumikan.

I shudder to think of all that may be brooding down there.

Aku ngeri memikirkan semua yang mungkin sedang berlegar di sana.

And I almost wish to kill myself to stop these thoughts.

Dan saya hampir mahu membunuh diri untuk menghentikan fikiran-fikiran ini.

***

Johansen and his men were awed by the cosmic majesty.

Johansen dan orang-orangnya kagum dengan keagungan kosmik.

They beheld the sight of this dripping Babylon of elder demons.

Mereka melihat pemandangan Babylon yang dipenuhi iblis-iblis tua ini.

They must have guessed without guidance what it was they saw.

Mereka pasti telah meneka tanpa panduan apa yang mereka lihat.

What they saw was nothing of this or of any sane planet.

Apa yang mereka lihat bukanlah apa-apa tentang ini atau mana-mana planet yang waras.

The unbelievable size of the greenish stone blocks.

Saiz bongkah batu kehijauan yang luar biasa.

The dizzying height of the great carven monolith.

Ketinggian monolit ukiran besar yang memukau.

And then there was the bas-reliefs found on the captured ship.
Dan kemudian terdapat ukiran timbul yang terdapat pada kapal yang ditawan.
The colossal statues mirrored the scene on the carvings.
Patung-patung kolosal itu mencerminkan pemandangan pada ukiran-ukiran itu.
Johansen achieved something very close to futurism.
Johansen mencapai sesuatu yang sangat hampir dengan futurisme.
Because he did not describe any definite structure or building.
Kerana dia tidak menggambarkan sebarang struktur atau bangunan yang pasti.
He dwelled on the broad impressions of vast angles and stone surfaces.
Dia menumpukan perhatian pada gambaran luas sudut yang luas dan permukaan batu.
Surfaces too great to belong to anything right or proper for this earth.
Permukaan yang terlalu besar untuk dimiliki oleh apa-apa sahaja yang betul atau sesuai untuk bumi ini.
Surfaces impious with horrible images and hieroglyphs.
Permukaan yang tidak bermoral dengan imej dan hieroglif yang mengerikan.
There is a reason I mention his talk about angles.
Ada sebab saya menyebut ceramahnya tentang sudut.
It reminds me of something Wilcox had told me of his awful dreams.
Ia mengingatkan saya tentang sesuatu yang Wilcox ceritakan kepada saya tentang mimpinya yang mengerikan.
He had said that the geometry of the dream-place he saw was abnormal.
Dia telah mengatakan bahawa geometri tempat mimpi yang dilihatnya itu tidak normal.
Non-Euclidean spheres unlike anything here on earth.
Sfera bukan Euclidean tidak seperti apa-apa pun di bumi ini.

Loathsomely redolent dimensions completely unlike ours.
Dimensi yang berbau harum dan menjijikkan sama sekali
tidak seperti kita.
Now a seaman was describing the exact same thing.
Seorang pelaut sedang menggambarkan perkara yang sama.
They bad both had the same terrible glimpse of this reality.
Mereka berdua mempunyai gambaran buruk yang sama
tentang realiti ini.
Johansen and his men landed at a sloping mud-bank.
Johansen dan orang-orangnya mendarat di tebing lumpur
yang landai.
And they looked up at this monstrous Acropolis.
Dan mereka mendongak ke arah Acropolis yang mengerikan
ini.
They clambered slippery up over titan oozy blocks.
Mereka memanjat licin ke atas blok-blok titan yang berair.
Blocks which could have been no mortal staircase.
Blok-blok yang mungkin bukan tangga fana.
The very sun of heaven seemed distorted in this mist.
Matahari syurga itu sendiri seolah-olah terpesong dalam
kabus ini.
**A polarizing miasma welling out from this sea-soaked
perversion.**
Satu miasma polarisasi yang keluar dari penyimpangan yang
direndam dalam laut ini.
Twisted menace and suspense lurked in those elusive rocks.
Ancaman dan ketegangan yang berpintal mengintai di dalam
batu-batu yang sukar difahami itu.
**A second glance showed concavity where the first showed
convexity.**
Pandangan kedua menunjukkan cekung manakala pandangan
pertama menunjukkan cembung.
Something very like fright had come over all the explorers.
Sesuatu yang sangat menakutkan telah menyelubungi semua
penjelajah.
**Each man would have fled had he not feared the scorn of the
others.**

Setiap orang pasti sudah melarikan diri jika dia tidak takut akan cemuhan orang lain.

And it was only half-heartedly that they vainly searched.

Dan hanya dengan separuh hati mereka mencari dengan sia-sia.

They were looking for some portable souvenir to bear away.

Mereka sedang mencari cenderahati mudah alih untuk dibawa pergi.

It was Rodriguez, the Portuguese, who climbed up the foot of the monolith.

Rodriguez, orang Portugis, yang memanjat kaki monolit itu.

From there he shouted of what he had found.

Dari situ dia menjerit tentang apa yang telah ditemuinya.

The rest followed him to the foot of the monolith.

Selebihnya mengikutinya ke kaki monolit.

They looked curiously at the immense door in front of them.

Mereka memandang dengan penuh rasa ingin tahu ke arah pintu besar di hadapan mereka.

The now familiar squid-dragon was carved on the door.

Naga sotong yang kini dikenali itu diukir di pintu.

It was, Johansen said, like a great barn-door.

Ia, kata Johansen, seperti pintu bangsal yang besar.

Although they said it only gave the impression of a door.

Walaupun mereka kata ia hanya memberi gambaran seperti sebuah pintu.

They could not decide if the door lay flat like a trap-door.

Mereka tidak dapat memutuskan sama ada pintu itu rata seperti pintu perangkap.

Or maybe the opening was slanted like an outside cellar-door.

Atau mungkin bukaan itu condong seperti pintu bilik bawah tanah di luar.

As Wilcox would have said, the geometry of the place was all wrong.

Seperti yang akan dikatakan oleh Wilcox, geometri tempat itu sama sekali salah.

One could not be sure that the sea and the ground were horizontal.

Seseorang tidak dapat memastikan bahawa laut dan tanah itu mendatar.

Hence the relative position of everything else seemed phantasmally variable.

Oleh itu, kedudukan relatif segala-galanya kelihatan sangat berubah-ubah.

Briden pushed at the stone in several places, without result.

Briden menolak batu itu di beberapa tempat, tetapi tidak berjaya.

Then Donovan felt delicately over around the edge of the door.

Kemudian Donovan meraba-raba dengan lembut di sekitar tepi pintu.

He climbed interminably along the grotesque stone molding.

Dia memanjat tanpa henti di sepanjang ukiran batu yang mengerikan itu.

Although, if you could really call it climbing is debatable.

Walaupun, jika anda benar-benar boleh memanggilnya mendaki, ia boleh dipertikaikan.

Perhaps the door was more horizontal than vertical.

Mungkin pintu itu lebih mendatar daripada menegak.

And the men wondered how any door in the universe could be so vast.

Dan lelaki-lelaki itu tertanya-tanya bagaimana mana-mana pintu di alam semesta ini boleh menjadi begitu luas.

Then, very softly and slowly, something began to happen.

Kemudian, dengan sangat lembut dan perlahan, sesuatu mula berlaku.

The acre-great panel began to give inward at the top.

Panel seluas ekar itu mula condong ke dalam di bahagian atas.

And they saw that the door had balanced itself.

Dan mereka melihat bahawa pintu itu telah mengimbangi dirinya sendiri.

***

Donovan somehow propelled himself back along the jamb.

Donovan entah bagaimana menolak dirinya kembali ke sepanjang tiang pagar.

And everyone watched the queer recession of the monstrously carven portal.

Dan semua orang menyaksikan kemelesetan aneh portal yang terukir dahsyat itu.

In this fantasy of prismatic distortion it moved anomalously in a diagonal way.

Dalam fantasi herotan prisma ini, ia bergerak secara anomali secara pepenjuru.

All the rules of matter and perspective seemed confused.

Semua peraturan jirim dan perspektif kelihatan keliru.

The aperture was black with a darkness almost material.

Aperturnya berwarna hitam dengan warna yang hampir seperti bahan yang gelap.

That tenebrousness was indeed a positive quality.

Kesunyian itu sememangnya satu sifat yang positif.

The men were spared from seeing the inner walls.

Lelaki-lelaki itu terselamat daripada melihat dinding bahagian dalam.

The darkness burst forth like smoke from its eon-long imprisonment.

Kegelapan itu meletus seperti asap dari pemenjaraannya yang lama.

The sun was visibly darkened by flapping membranous wings.

Matahari kelihatan gelap kerana kepakan sayap-sayap bermembran.

And the shadow slunk away into the shrunken and gibbous sky.

Dan bayang-bayang itu menghilang ke langit yang mengecil dan membulat.

The odor arising from the newly opened depths was intolerable.

Bau yang timbul dari lubang yang baru dibuka itu tidak dapat ditanggung.

The quick-eared Hawkins thought he heard a nasty, slopping sound.

Hawkins yang bertelinga pantas itu menyangka dia terdengar bunyi yang busuk dan senget.

His ears were confirmed when It lumbered slobberingly into sight.

Telinganya terpaku apabila Ia terhuyung-hayang ke arah pandangannya.

Its gelatinous green immensity groped through the black hall.

Keluasan hijaunya yang seperti agar-agar meraba-raba melalui dewan hitam.

And Its ooze and smell squeezed through the angled door.

Dan cecair serta baunya menyedut melalui pintu bersudut itu.

The Thing went into the tainted air of that poison city of madness.

Benda itu masuk ke udara tercemar di kota racun kegilaan itu.

Poor Johansen's handwriting almost gave out when he wrote of this.

Tulisan tangan Johansen yang malang hampir tertanggal ketika dia menulis tentang hal ini.

He thinks two men perished of pure fright in that accursed instant.

Dia fikir dua lelaki mati kerana ketakutan sepenuhnya dalam saat terkutuk itu.

The Thing cannot be described with our language.

Benda itu tidak dapat digambarkan dengan bahasa kita.

There are no words for such abysms of shrieking and immemorial lunacy.

Tiada kata-kata yang sesuai untuk menggambarkan jeritan dan kegilaan yang begitu dahsyat.

Eldritch contradictions of all matter, force, and cosmic order.

Percanggahan Eldritch tentang semua jirim, daya, dan susunan kosmik.

A mountain that walked and stumbled on the earth. God!

Sebuah gunung yang berjalan dan tersandung di bumi.
Tuhan!
No wonder that across the earth a great architect went mad.
Tidak hairanlah di seluruh dunia seorang arkitek hebat
menjadi gila.
**No wonder poor Wilcox raved with fever in that telepathic
instant.**
Tidak hairanlah Wilcox yang malang itu meraung demam
serta-merta.
The green, sticky spawn of the stars, was walking the earth.
Anak bintang yang hijau dan melekit itu sedang berjalan di
bumi.
The Thing of the idols had awaked to claim his own.
Benda berhala telah bangun untuk menuntut semula
kepunyaannya.
The stars were aligned again, as was predicted.
Bintang-bintang itu sejajar semula, seperti yang diramalkan.
An age-old cult had failed in their duties.
Sebuah aliran sesat yang berabad-abad lamanya telah gagal
dalam tugas mereka.
**And a band of innocent sailors fulfilled their role by
accident.**
Dan sekumpulan pelaut yang tidak bersalah telah
melaksanakan peranan mereka secara tidak sengaja.
After vigintillions of years great Cthulhu was loose again.
Selepas berjuta-juta tahun, Cthulhu yang hebat kembali bebas.
And now great Cthulhu was ravening for delight.
Dan kini Cthulhu yang agung sedang melahap kegembiraan.
**Three men were swept up by the flabby claws before
anybody turned.**
Tiga lelaki disapu oleh kuku yang lembik itu sebelum sesiapa
pun berpaling.
God rest them, if there be any rest in the universe.
Tuhan izinkan mereka berehat, jika ada rehat di alam semesta
ini.
**Let it be known that their names were Donovan, Guerrera
and Angstrom.**

Ketahuilah bahawa nama mereka ialah Donovan, Guerrera dan Angstrom.

Parker slipped as he was trying to make his escape.

Parker tergelincir ketika dia cuba melarikan diri.

The other three were plunging frenziedly back to the boat.

Tiga orang yang lain terjun dengan terburu-buru kembali ke bot.

They ran over endless vistas of green-crusted rock.

Mereka berlari merentasi pemandangan batu-batu berlapis hijau yang tidak berkesudahan.

Johansen swears he was swallowed up by an angle of masonry.

Johansen bersumpah dia telah ditelan oleh sudut batu.

An angle which shouldn't have been there.

Satu sudut yang sepatutnya tidak ada di situ.

An angle which was acute, but behaved as if it were obtuse.

Sudut yang lancip, tetapi berkelakuan seolah-olah tumpul.

Only Briden and Johansen made it back to the boat.

Hanya Briden dan Johansen yang berjaya kembali ke bot.

The two men had a moment of good fortune.

Kedua-dua lelaki itu bernasib baik suatu ketika dahulu.

The mountainous monstrosity flopped down on the slimy stones.

Keganasan gunung itu menghempas jatuh ke atas batu-batu berlendir.

And the beast hesitated floundering at the edge of the water.

Dan binatang itu teragak-agak terhuyung-hayang di tepi air.

The steam boat had not entirely run out of hot coals.

Bot wap itu belum kehabisan arang panas sepenuhnya.

Despite the departure of all men for the shore.

Walaupun semua lelaki telah pergi ke pantai.

Feverishly the two men rushed up and down between wheels.

Dengan tergesa-gesa kedua-dua lelaki itu bergegas ke sana ke mari di antara roda.

It was the work of only a few moments to get the engine going.

Ia hanya memerlukan beberapa saat untuk menghidupkan enjin.

Amidst the distorted horrors of that indescribable scene.

Di tengah-tengah kengerian yang terpesong dari pemandangan yang tidak dapat digambarkan itu.

Slowly their boat began to churn the lethal waters beneath her.

Perlahan-lahan bot mereka mula berombak di bawahnya dengan air yang membawa maut.

And they moved along the masonry of that charnel shore.

Dan mereka bergerak di sepanjang batu-bata di tepi pemakaman itu.

That strange coastline that was not from this world.

Garis pantai pelik yang bukan dari dunia ini.

***

The titan Thing from the stars slavered and gibbered.

Benda titan dari bintang-bintang itu tergagap-gagap dan membebel.

Like Polypheme cursing the fleeing ship of Odysseus.

Seperti Polifema yang mengutuk kapal Odysseus yang melarikan diri.

Then great Cthulhu slid greasily into the water.

Kemudian Cthulhu yang hebat meluncur dengan berminyak ke dalam air.

Bolder and more daring than the storied Cyclops.

Lebih berani dan berani daripada Cyclops yang terkenal.

Cthulhu pursued them through the water with cosmic movement.

Cthulhu mengejar mereka melalui air dengan pergerakan kosmik.

Briden looked back from the ship and started laughing shrilly.

Briden menoleh ke belakang dari kapal dan mula ketawa nyaring.

From that moment Briden continued laughing at odd intervals.

Sejak saat itu Briden terus ketawa pada selang masa yang ganjil.

But Johansen had not given up yet.

Tetapi Johansen masih belum berputus asa.

He knew his ship had no chance of outpacing the thing.

Dia tahu kapalnya tidak berpeluang untuk mengatasi perkara itu.

So he resolved on taking a desperate chance.

Jadi dia memutuskan untuk mengambil risiko terdesak.

He loaded the furnace and set the engine for full speed.

Dia mengisi relau dan menetapkan enjin pada kelajuan penuh.

And then he ran lightning-like on deck and reversed the wheel.

Dan kemudian dia berlari seperti kilat di atas dek dan mengundurkan roda.

There was a mighty eddying and foaming in the noisome brine.

Terdapat pusaran dan buih yang kuat dalam air garam yang bising itu.

The steam mounted higher and higher into the sky.

Wap itu semakin tinggi ke langit.

And the brave Norwegian reversed the course of the chase.

Dan orang Norway yang berani itu membalikkan haluan pengejaran itu.

Before him rose the unclean froth like the stern of a demon galleon.

Di hadapannya timbul buih najis seperti buritan kapal layar iblis.

He drove his vessel head on against the pursuing jelly.

Dia menghalakan bejananya berdepan dengan jeli yang sedang mengejar.

The awful squid-head came nearly up to the yacht's bowsprit.

Kepala sotong yang mengerikan itu hampir sampai ke cucur busur kapal layar itu.

But Johansen drove on relentlessly against the writhing feelers.

Tetapi Johansen terus memandu tanpa henti menentang jentera yang sedang menggeliat.

There was a bursting as of an exploding bladder.

Terdapat letupan seperti pundi kencing yang meletup.

There was a slushy nastiness as of a cloven sunfish.

Terdapat najis yang lembik seperti ikan mola-mola yang terbelah.

There was a stench as of a thousand opened graves.

Terdapat bau busuk seperti seribu kubur yang terbuka.

And there was a sound the chronicler did not put on paper.

Dan terdapat bunyi yang tidak ditulis oleh penulis kronik itu.

For an instant the ship was befouled by an acrid cloud.

Untuk seketika kapal itu dicemari oleh awan yang tajam.

The green cloud blinded Johansen and the mad man.

Awan hijau itu membutakan Johansen dan orang gila itu.

And then there was only a venomous seething astern.

Dan kemudian hanya ada kemarahan yang berbisa di bahagian belakang.

But God in heaven! What the two men saw next;

Tetapi Tuhan di syurga! Apa yang dilihat oleh kedua-dua lelaki itu seterusnya;

The scattered plasticity of that nameless sky-spawn.

Keplastikan yang berselerak dari bintang langit tanpa nama itu.

The injured thing was nebulously recombining.

Benda yang cedera itu bergabung semula secara samar-samar.

Soon Cthulhu would be back in its hateful original form.

Tidak lama lagi Cthulhu akan kembali dalam bentuk asalnya yang penuh kebencian.

But their distance was widening with every second.

Namun jarak mereka semakin jauh setiap saat.

The ship was gaining impetus from its mounting steam.

Kapal itu semakin mendapat dorongan daripada wapnya yang semakin meningkat.

And eventually the cursed city was over the horizon.

Dan akhirnya kota yang terkutuk itu telah berakhir.

***

He did not try to navigate after their lucky escape.
Dia tidak cuba menavigasi selepas mereka berjaya melarikan diri.
His reaction had taken something out of his soul.
Reaksinya telah melukakan sesuatu dalam jiwanya.
He spent his time brooding over the idol in the cabin.
Dia menghabiskan masanya merenung berhala di dalam kabin.
He looked after the laughing maniac in the boat.
Dia menjaga orang gila ketawa di dalam bot itu.
And he attended to a few matters such as food.
Dan dia menguruskan beberapa perkara seperti makanan.
Then came the storm of April 2nd.
Kemudian datanglah ribut pada 2 April.
On that day clouds gathered over his consciousness.
Pada hari itu awan berkumpul di atas kesedarannya.
There is a sense of pure and refined delirium.
Terdapat rasa kecelaruan yang tulen dan halus.
Spectral whirling through liquid gulfs of infinity.
Spektrum berpusar melalui teluk cecair infiniti.
Dizzying rides through reeling universes on a comet's tail.
Menunggang komet yang memeningkan badan melalui alam semesta yang bergoyang.
Hysterical plunges from the pit to the moon.
Terjun histeria dari lubang ke bulan.
And he plunged back again from the moon to the pit.
Dan dia terjun kembali dari bulan ke lubang.
A cachinnating chorus of the distorted, hilarious elder gods.
Satu korus dewa-dewa tua yang herot dan lucu yang mengasyikkan.
And the green bat-winged mocking imps of Tartarus.
Dan imp Tartarus yang mengejek bersayap kelawar hijau.
Out of that dream came rescue; the ship Vigilant.

Dari mimpi itu muncullah penyelamatan; kapal Vigilant.

The vice-admiralty court and the streets of Dunedin.

Mahkamah madya laksamana dan jalan-jalan di Dunedin.

The long voyage back home to the old house by the Egeberg.

Perjalanan panjang pulang ke rumah lama di tepi Egeberg.

He could not tell anyone of what he had seen.

Dia tidak dapat memberitahu sesiapa pun tentang apa yang telah dilihatnya.

Had he told the truth they would have thought he had gone mad.

Jika dia berkata benar, mereka pasti menyangka dia sudah gila.

So he secretly wrote of what he knew before death came.

Jadi dia secara rahsia menulis tentang apa yang diketahuinya sebelum kematian datang.

"Death would be a boon if only it could blot out the memories."

"Kematian akan menjadi satu rahmat jika ia dapat menghapuskan kenangan."

That was the document Johansen left behind.

Itulah dokumen yang ditinggalkan oleh Johansen.

And now I have placed this document in the tin box.

Dan sekarang saya telah meletakkan dokumen ini di dalam kotak timah.

In the box is also the dream carved bas-relief.

Di dalam kotak itu juga terdapat ukiran ukiran impian.

And I have included the papers of Professor Angell.

Dan saya telah memasukkan kertas kerja Profesor Angell.

With this box shall go this record of mine.

Bersama kotak ini akan pergi rekod saya ini.

These notes have become a test of my own sanity.

Nota-nota ini telah menjadi ujian kewarasan saya sendiri.

But I hope my discoveries are never be pieced together again.

Tetapi saya harap penemuan saya tidak akan disatukan lagi.

I have looked upon all that the universe has to hold of horror.

Aku telah melihat semua yang dimiliki alam semesta sebagai kengerian.

But now even the skies of spring are darkness to me.

Tetapi kini langit musim bunga pun gelap bagiku.

Even the flowers of summer are forever poison to me.

Malah bunga-bunga musim panas tetap menjadi racun buatku selamanya.

But I do not think my life will be long.

Tapi aku rasa hidup aku takkan lama lagi.

As my uncle went, so shall my end come.

Sepertimana pak cik saya pergi, begitu juga ajal saya akan datang.

As poor Johansen went, so shall my time come.

Sepertimana Johansen yang malang pergi, begitu juga masaku akan tiba.

I know too much, and the cult still lives.

Saya tahu terlalu banyak, dan kultus itu masih hidup.

Cthulhu still lives, too, I can only suppose.

Cthulhu juga masih hidup, saya hanya boleh andaikan.

I assume Cthulhu is again in that chasm of stone.

Saya menganggap Cthulhu sekali lagi berada di jurang batu itu.

The city which has shielded him since the sun was young.

Kota yang telah melindunginya sejak matahari masih muda.

I know his accursed city is sunken once more.

Aku tahu kota terkutuknya itu tenggelam sekali lagi.

The crew of the Vigilant sailed over the spot after the April storm.

Krew Vigilant belayar melintasi tempat itu selepas ribut April.

But his ministers on earth still worship his return.

Tetapi para menterinya di bumi masih menyembah kepulangannya.

In lonely places they congregate around their idol.

Di tempat-tempat sunyi mereka berkumpul di sekitar berhala mereka.

And they bellow and prance and slay in satanic ritual.

Dan mereka meraung, melompat-lompat dan membunuh dalam ritual setan.

He must have been trapped by the sinking of his black abyss.

Dia pasti terperangkap oleh tenggelamnya jurang hitamnya.

Or else the world would by now be screaming with fright and frenzy.

Atau dunia sekarang pasti menjerit ketakutan dan kegilaan.

Who knows how the end will come about?

Siapa tahu bagaimana pengakhirannya akan berlaku?

What has risen may sink, and what has sunk may rise.

Apa yang telah timbul mungkin akan tenggelam, dan apa yang telah tenggelam mungkin akan timbul.

Loathsomeness waits and dreams in the deep.

Rasa jijik menunggu dan bermimpi di kedalaman.

And decay spreads over the tottering cities of men.

Dan kebusukan merebak ke atas kota-kota manusia yang goyah.

A time will come where that city rises out the sea again.

Akan tiba masanya di mana bandar itu muncul semula dari laut.

But I must not think about when that day will come!

Tapi aku tak boleh fikirkan bila hari itu akan tiba!

I have one prayer if this manuscript outlives me.

Saya ada satu doa jika manuskrip ini hidup lebih lama daripada saya.

I pray my executors put caution before audacity.

Saya berdoa agar para pelaksana saya mengutamakan kehati-hatian daripada keberanian.

I pray this manuscript meets no other eyes.

Aku berdoa agar manuskrip ini tidak dilihat oleh orang lain.

***

Found among the papers of the late Francis Wayland Thurston, of Boston.

Dijumpai di antara surat khabar mendiang Francis Wayland Thurston, dari Boston.

9 781805 725039